幼なじみの榛名くんは甘えたがり。

みゅーな**

●STARTS
スターツ出版株式会社

カバー・本文イラスト／Off

榛名くんは
　　とても甘えてくるのです。

「ひーな、かまって」
　　榛名くんは自分勝手で、気に入らないことがあると、
　　子どもみたいにすぐ拗ねてばかり。

　　いつもいつも、わたしが言いなりになると思っていて。

「もっと僕でいっぱいにしたくなる」
　　こんなことばっかり言って。

「んー、まだ離れちゃダメ」
　　甘えてきてばかり。

「もっと甘えさせてよ」
　　幼なじみの榛名くんは甘えたがり。

幼なじみの榛名くんは甘えたがり。

登場人物紹介

男子が苦手な高校2年生。ファーストキスを奪った榛名くんに最初は反発。でも風邪をひいたときに見せてくれた優しさに、昔のことを思い出して…。

好き？

成瀬 雛乃
（なるせ ひなの）

親友

雛乃の中学からの親友。恋愛経験ゼロの雛乃に、何かとアドバイスをくれる。（やや）豪快な性格ゆえ、時に強引なやりかたで問題解決を図ることも。

野上 杏奈
（のがみ あんな）

☆ contents

Chapter.1

榛名くん見つけました。 　　10

榛名くんがウチにいます。 　　22

榛名くんはデリカシーがありません。

　　　　　　　　　　　　　　37

Chapter.2

後輩の楓くん。 　　　　　　　54

ちょっぴり優しい榛名くん。 　73

いないとさびしかったり。 　　93

楓くんにバレました。 　　　　113

Chapter.3

本気か嘘か、どっちの好き？ 　134

意識なんかしてないつもり。 　155

ただの後輩なんかじゃない。 　170

Chapter.4

迷って、揺れて。　　　192

自分の知らない感情。　　206

やるせない思い。　　　226

好きなら伝えてしまえ。　243

誤解と勘違い。　　　　255

Chapter.5

甘すぎるよ榛名くん。　276

それはずるいよ榛名くん。　284

榛名くん浮気疑惑。　　299

離れたくないよ榛名くん。　319

あとがき　　　　　　332

Chapter.1

榛名くん見つけました。

　ある日、図書委員の仕事で図書室に向かったときのこと。
　放課後なのに、図書室の人の出入りはまったくなくて、わたし1人しかいないはずだった。
　図書委員は当番制で、放課後に本の返却、貸し出しをやらなくてはいけない。
　その当番が今日、わたし成瀬雛乃に回ってきた。
　高校2年の4月。
　適当に選んだ委員会が図書委員で、他の委員会より活動が少なくて、楽だと思った。
　中学のときも、3年間図書委員だったから、高校も同じでいいやという単純な理由。
　4月から1か月くらいが過ぎた今。
　ようやく図書委員として初の仕事で、放課後の図書室に来たのはいいんだけど。
　カバンを置くために、図書室に唯一あるソファの場所まで行った。
　そこで驚きの光景が飛び込んできた。
　なんと、目の前で倒れている人がいるではないか。
　いや、正確に言えば、ソファの上でうつ伏せになって、微動だにしない。
　いったい、何事だろうと心配になる。
　倒れているのは男の子。

もしかして、倒れているんじゃなくて、寝ているだけ？
　でも、寝ているにしては不自然な寝方。
　こんなふうに、うつ伏せで倒れているみたいに寝ている人は、見たことがない。
　一瞬、なぜか、この光景に既視感を覚えた。
　いつの頃の記憶か、はっきりしていないけど、まだわたしが幼かったとき……。こうやって倒れていた男の子がいたような気がするけれど、具体的に思い出せない。
　もしかして体調が悪くて倒れているのかな？　人の助けが必要なくらい緊急だったら助けてあげないと。
　いちおう声をかけてみたほうがいいと思って、少し距離を詰めた。
　顔を近づけて、とりあえず息をしているかを確認してみると。
「うん、生きてる」
　スヤスヤと寝息が聞こえるから、生きてはいるっぽい。
　いや、だとしたら寝方が不自然すぎじゃないかな!?　身体を丸めずに、真っ直ぐピシッと、うつ伏せ状態で眠るなんて。
　面白すぎて、思わずスカートのポケットからスマホを出して写真を撮ってしまった。
　パシャッとシャッター音が鳴ったけど、起きる気配はない。
　このまま放っておいてもいいけど、図書室の施錠はわたしがしなきゃいけない。だから、いつまでもここで寝ていてもらっては困る。

「あのー、起きてください」
　しゃがみこんで、寝ている男の子の耳元で声をかけながら、身体を揺すってみた。
　すると、ピクッと身体が動いた。
　そして、もぞもぞと動き出して、うつ伏せだった状態から起き上がった。
「……ん、おはよ」
　眠そうに目をこすりながら、わたしのほうを見た。
　近くであらためて、しっかり顔を見て誰かわかった。
　榛名伊織くん。
　隣のクラスの、よくモテると噂を聞く男の子だ。
　あまり噂に興味のないわたしでも、この人の噂はよく耳にする。
　女子たちみんながキャーキャー騒ぐ有名人。
　顔立ちはしっかり整っていて、ふわっとした暗い茶色の髪。丸くて綺麗な瞳をしていて、鼻筋もしっかり通っているし、薄い唇が色っぽい。
　わたしみたいな凡人とは住む世界が違う。
　わたしの容姿は、お世辞でもかわいいとは言えない。
　肩につくくらいに伸ばした髪に、どこにでもいるような平凡な顔立ち。
　唯一マシと言えるのは、お母さん譲りの肌の白さと、ぱっちりした二重の瞳。
　瞳がぱっちりしているからといっても、他が秀でているわけじゃないから、特別かわいいわけでもない。

"榛名くん"って名前は知っていたけど、まさかこんな整った顔の持ち主だったとは。
　こりゃモテるよなぁ。
「……なーに、僕の顔に何かついてる？」
「っ！」
　いきなり顔を近づけられてびっくり。
　すっかり、この整った顔に見とれてしまっていた。
　首を傾げながら、ひょこっとわたしの顔を覗き込んできた榛名くん。
　今なら、この顔立ちに騒ぐ女子たちの気持ちが、少しはわかるかもしれない。
　こんな整った顔のイケメンに見つめられたら、ドキドキしないわけがない。
　動揺して、目線を外して、あからさまに距離を取るように立ち上がってしまった。
「あれー、逃げられちゃった」
　フッと笑いながら、ジーッとわたしを見ている榛名くん。
「逃げないでこっちおいで？」
「な、なに言って……」
　ちょいちょいと手招きをして、わたしが近づいてくるのを、余裕な顔で待っている。
　榛名くんの、この余裕な顔は何か危険なものを感じる。
　変なことでもされるんじゃないかって、自分の中の危険センサーが働いた。警戒しながら、榛名くんを見ると。
「だいじょーぶ。変なことしないから」

う、胡散臭い……！　怪しい!!
　キリッとにらんでみると、榛名くんは不思議そうな顔をして、首を傾げてわたしに言った。
「安心しなよ。幼児体型には興味ないから」
　そのままわたしの顔から目線を少し下に落として、わたしの身体の一部を指さしながら、悪気もなさそうにはっきり言った。
「そんなまな板じゃ襲いたくもならない」
「…………」
「もっと大きかったら変なことしてたかもね」
「……は、はぁぁぁ!?」
　な、なんなのこの人!!
　ほぼ初対面のくせに、人の身体にケチつけてくるとか何様なの!?
　すぐに自分の身体を隠すように身を小さくした。
　仮にも女の子に対して、こんな失礼な発言が堂々とできてしまうなんてありえない!!
「だからさー、そんな隠したりしなくても興味ないって」
「わたしだって、好きでまな板になってるわけじゃないんだから！」
　ちょっと待て、自分。
　返す言葉がこれっておかしくないか!?
「……ふっ、そーなんだ？」
　は、鼻で笑われた……。
「む、胸の大きさなんて人それぞれなんだから！」

ダメだ、ムキになればなるほど、自爆していってる気がする。
「うん、そーだね。でも僕は大きいほうが好き」
　ほぼ初めて話す人と、なんでこんなこと話さなきゃいけないわけ!?
　意味わかんないんだけど!!
　相手にしちゃダメだ!
　こんな人、放っておいて早く図書委員の仕事をしよう。
　わたしがその場を離れようとすれば。
「だからー、こっちおいでって言ってんじゃん。言うこと聞けないの？」
　ソファに座っていたのに、急に立ち上がって、無理やりわたしの身体を抱き寄せた。
「ちょっ、ちょっと!!　バカ、変態!!　触んないでよ!!」
「えー、変態はひどくない？」
　ひょろっとした見た目のくせに、意外と力が強くて、振りほどくことができない。
「う、うるさい!　あんたみたいに、女の子を身体でしか見ない最低な男なんて嫌いなんだから!!」
　榛名くんを押し返すけど、ビクともしない。
「はいはい、暴れないの。おとなしくしないと、無理やりおとなしくさせるよ？」
　片手で簡単にわたしの両手首をつかんで、その言葉どおり、無理やりにでもおとなしくさせられそうになって、固まってしまった。

「そー、いい子じゃん」
　満足そうに見下ろす瞳にムカついて、思いっきりにらんでやった。
「悔しい？　力じゃかなわないもんね」
　見た目は、そこらへんにいる男の子よりかっこいいけど、こんな最低な性格だったら、絶対好きになるわけない。
　さっき少しでもドキッとした自分を殴ってやりたい。
「そうやってにらんでくるの嫌いじゃないよ。むしろゾクゾクする」
　わたしの両手首をつかんでいるほうとは逆の手で、わたしの髪に触れながら、耳にスッとかけてきた。
「ほんと、昔から変わんないね」
「……は？」
　昔からって、どういうこと？
　わたしが榛名くんと話したのは、高校に入学してから今日が初めてだと思うんだけど。
　それ以前に、会った記憶はまったくない。
　いろいろ考えていると、急に榛名くんが、わたしに全体重をかけてもたれかかってきた。
「えっ、ちょっ、今度は何!?」
「はぁ……無理。お腹すいた」
「……は、はい？」
「なんか食べたい」
　ちょっと待ってよ。
　どんだけ自由な思考してるの!?

この短時間で話がぶっ飛びすぎなんだってば！
「なんか食べるもの持ってない？」
　そう言いながら、わたしの身体を平気でペタペタと触ってくる。
「も、持ってない!!　ってか、触らないで!!」
「あー、ポケットの中になんか入ってる」
　まったく人の話を聞かないし、わたしのカーディガンのポケットに手を突っ込んでくる。
「あ、あのねぇ!!」
「なーんだ、アメ持ってんじゃん。これちょーだいよ」
　まだあげるとも言っていないのに、アメが包まれた袋を開けている。
　それをそのまま口に放り込んで、食べてしまった。
「お腹すきすぎて倒れてたから、いいところに来てくれたよね」
　何もここで倒れてなくてもいいじゃん。こんなところでお腹すかして倒れていても、誰も助けに来てくれないよ。
　ってか、楽しみにとっておいたアメを食べられて、地味にショックなんだけど!!
　今日1日、頑張ったご褒美(ほうび)に食べようと思っていたイチゴ味のアメ。
　疲れたときは糖分がほしくなるから、そのとき用にとっておいたのに！
「それ、わたしが楽しみにとっておいたやつなんだけど！」
　カランコロンッと口の中でアメを転がしながら、悪びれ

た様子なんかいっさい見せない榛名くん。
「あー、そうなの？」
「そうだよ！」
　このあと、自分が言ったことに後悔(こうかい)するなんて、思ってもいなかった。
　いきなり、榛名くんが顔をグッと近づけてきた。
「っ!?」
　びっくりして、思わず足を後ろに下げようとしたのに、わたしの行動を先に読んでいたかのように、榛名くんの腕が腰に回ってきていた。
「も、もう……！　近い……っ！」
　なんて危ない距離なんだろう。
　少し顔を上げてみれば、思った以上に榛名くんの顔が近くにあって、声が出なくなった。
　抵抗して少しでも顔を動かせば、唇が当たってしまいそう……。
「……アメ、食べる？」
　至近距離で喋られて、ふわっとイチゴの匂(にお)いがする。
「た、食べるって……もう榛名くんが食べちゃって……」
「うん、だからあげよーか？」
「意味ワカンナイデス」
　き、危険すぎる。
　この状況に慌(あわ)てるわたしに対して、榛名くんはむしろ、楽しんでいるようにしか見えない。
「早くしないと、僕の口の中で溶けちゃうよ？」

この変態は、まさか自分が食べているやつを、わたしに食べさせようとしているのか!?
「い、いるわけないでしょ！」
「食べたがってんのはそっちじゃん」
「勝手に食べたのはそっちでしょ！」
「うん、だからあげるよ」
　急に声のトーンが低くなって。
　甘い甘い、イチゴの匂いに包まれて。
「少しだけ口開けて」
　そんな言葉が聞こえてきたときには、もう遅くて。
　目の前の榛名くんの整った顔が、少しだけ傾いて、グッと唇に押し付けられたやわらかい感触。
　一瞬の出来事で、何が起こっているのか理解することができなくて、ピシッと固まる。
　思考が停止寸前……。
　そんな状態だっていうのに、気づいたら口の中いっぱいに、イチゴの味が広がっていた。
「……どう？　甘いでしょ」
　自分の唇をペロッと舐めながら、そんなことを平然と聞いてくる榛名くん。
　甘いとか、味の感想なんて今はどうだっていい。
　それよりも、あっさりとファーストキスを奪われたほうが重大だ。
「な、何するの……っ!!」
　思いっきり榛名くんの身体を押し返して、唇をこすった。

「何って味見?」
「あ、ありえない!! 最低!!」
　好きでもない相手に、こんなあっさりキスをされてしまうなんて。
「もしかして、キス初めてだったとか?」
「……なっ!」
　そのバカにしたような顔で聞くのやめてよ!
　絶対、心の中で笑っているに違いない。
「へー、初めてなんだ?」
「う、うるさい!!　もう2度とわたしに近づいてこないで!」
　わたしがそう言うと、相変わらず余裕そうな表情は崩さないまま。
「2度と近づかないのは無理かもね」
　フッと笑いながら、つけ足しで「どうせ、これからぜんぶもらう予定なのに」と、意味深な言葉をささやく。
「い、意味わかんない……!　いいから、さっさとここから出ていってよ!」
「あーあ、怒らせちゃった?」
　これで怒らない人がいるんだったら、連れてきてほしいくらい。
　少なくともわたしは、ファーストキスを簡単に奪った人を許せるほど、心の広い人間じゃない。
「んじゃ、今日は帰るよ」
　ようやく、わたしから離れて、図書室を出て行こうとし

たかと思えば、足を止めて、わたしのほうを振り向いて。
「またね、雛乃」
　と言って、立ち去っていった。
　またね、ってもう２度と関わるつもりないし。
　というか……。
「な、なんでわたしの名前……」
　教えたはずのないわたしの名前を、榛名くんは知っていた。しかも、雛乃って下の名前で言った。
　１年の頃から２年になった今まで、榛名くんと同じクラスになったことはない。
　わたしは榛名くんみたいに、学校で有名人ってわけでもない。だから、榛名くんがわたしの下の名前を知っているわけがない。
　──榛名伊織。
　出会いは最低で最悪。
　こんな人とまた関わるなんて、絶対ごめんだって。
　人をバカにして、デリカシーのないことばかり言ってきて、おまけにファーストキスを奪っていった、大嫌いな人。
　いまだに口の中に残るイチゴの味と、唇に残る感触を消すために、再び唇をこすってから図書委員の仕事に取りかかった。

榛名くんがウチにいます。

「はぁ……疲れた」
　あれから数時間が経って、今ようやく図書室の施錠をしたところ。
　図書委員の仕事は大して疲れなかったけど、こんなにドッと疲れているのは、絶対榛名くんのせいだ。
　図書室の鍵(かぎ)を職員室に戻して、学校を出て、家に帰る。
　いつもは歩いて帰る道のりを、今日は疲れたので、バスを利用することにした。
　それなのに、バスは帰宅ラッシュで人がいっぱい。降りた頃にはヘトヘト。
　なんだか今日は、とことんついてない。
　ついてないことって１つ起こると、それが連鎖(れんさ)してくるから恐(おそ)ろしい。ついてないことは、これで終わりにしてほしい。
　とりあえず今は、家に帰ってベッドで寝たい。それで、今日あったことがすべて夢だったらいいのに……。
　疲れた足取りで、やっと家の前まで来ると、何やらトラックが止まっている。
　ちょうど業者の人たち数人が、わたしの家の中から出てきて、そのままトラックで走り去っていった。
　トラックを見てみると、引っ越し業者だった。
　いや、なんで引っ越し業者がわたしの家から出てきた？

わたしの家は一戸建てで、この先どこかに引っ越す予定はまったくない。
　だとしたら、なんで？
　とりあえず中に入って確かめようと思って、玄関の扉を開けた。
　中に入ってみると、今朝とはそんなに様子は変わっていないように見える。
　たまたまウチの前に止まっていただけかもしれない。
　けど、さっきわたしの家から業者の人たちが出てきたしなぁ……と、いろいろ考えながら、ローファーを脱いだとき、見覚えのない靴があることに気づいた。
　明らかにわたしのものでも、家族のものでもない。
　わたしと同じローファーだけど、サイズが大きい。男の子が履いているくらいのサイズ。
　なんでこんなものがウチに？
　わたしに兄弟がいれば大きい靴があるのも不自然じゃないけど、一人っ子だし。
　やっぱり何かあるのかもしれないと思い、いつもは自分の部屋に向かうところを変更して、お母さんがいるであろうリビングに早足で向かった。
　リビングの扉の前までくると、中から何やら話し声が聞こえてくる。
　お母さんと、男の子の声？
　——ガチャッ……！
　扉を開けると、真っ先にキッチンに立っているお母さん

が視界に入ってきた。
「あら、雛乃！　おかえりなさい」
　やっぱり部屋の中は何も変わっていない。
　だから、ホッとした。
　のも、つかの間だった。
　リビング全体を見渡して、ある人の姿が目に飛び込んできたから。
「あ、ひな。おかえり」
　わたしの家のソファでくつろぎながら、呑気(のんき)にこちらに手を振っている。
　その姿に、目を見開いた。
　何かの幻(まぼろし)？
　疲れすぎて、嫌いになりすぎたせいで、ついに幻覚(げんかく)が見えて、幻聴(げんちょう)が聞こえているんだろうかって。目を何度もこすった。
　だけど、そこにいるのは幻ではなく、実在する人間。
「さっきぶりだね」
「な、なんで……榛名くんがウチにいるの!?」
　そう、なぜかわたしの家に榛名くんがいたのだ。
　おかしいおかしい!!　何がどうなって、こんなことになってるの!?
　１人でバカみたいに慌てているわたしとは正反対に、お母さんと榛名くんは、落ち着いた様子でこちらを見ていた。
「やだ、雛乃ってばそんなに驚くことないじゃない？　久しぶりに遊びに来てくれたのよ？」

「いやいや!!　榛名くんがウチに来たことある!?」
　ってか、なんでわたしのお母さんと榛名くんが知り合いなわけ!?
　状況がまったく理解できないんだけど!
「昔よく遊びに来てたハルくんじゃない。覚えてないの?」
　は……?　昔?　ハルくん?
　ちょっと待ってよ、意味わかんない。
　わたしの記憶の中には、ハルくんという男の子はいない。
「とりあえず雛乃が帰ってきたことだし、これからのことを話したいから、2人ともこっちに座ってくれるかしら?」
　えぇ、わたしへの説明はそれだけ!?
　そのまま、指示されたイスに榛名くんと並んで座り、テーブル1つ挟んでお母さんが座った。
　いったい今からどんなことが起こるんだろうと、不安になるばかり。
　嫌(いや)なことが立て続けに起こっているから、不吉な予感しかしない。
　そして、それが的中してしまう。
「今日から雛乃とハルくんは半年間、ここで一緒に暮らしてもらいまーす!」
　……は?
　わたしと榛名くんが一緒に暮らす……?
　どうか聞き間違いであってほしい。
　開いた口が塞(ふさ)がらない。
　アホ面って言われても仕方ないくらい、今のわたしはと

んでもない顔をしていると思う。
　あれ、わたし夢でも見ているのかな？
　うん、きっとこれは夢に違いない。
　疲れていたせいで、家に帰ってきてから寝てしまって、今は夢の中なんだ。
　目が覚めてしまえば、これが夢だってわかるはず。
　ほら、頬を引っ張ったら痛くないはず……。
「……い、いひゃい」
　残念ながら、痛い。
　つまり、これは現実だ。
「……えぇぇぇ‼　はぁ⁉　あ、ありえないんだけど‼」
「……声でか。しかも反応遅いし」
　隣から嫌味が聞こえてくるけど、今はそんなことを気にしている場合じゃない！
「あら、そんな驚かなくてもいいじゃない？　雛乃ってばオーバーリアクションなんだから。ハルくんみたいに落ち着けないの？」
「いきなりわけのわからないこと言われたら、誰だってこんなふうになるでしょ！　ってか、さっきから出てくるハルくんって誰なわけ⁉」
「あなたの隣に座ってる伊織くんのことよ？　忘れちゃったのかしら？」
　ハルくん＝榛名くん？
　いや、まったく結びつかないんだけど。
「やだ〜、ほんとに覚えてないの？」

「お、覚えてない……」
「じゃあ、まずは昔話からしないといけないわね」
　お母さんがそう言うと、昔話とやらが始まった。
　話はわたしが幼稚園の頃まで遡る。
　その当時、わたしが仲良くしていた男の子が１人いた。
　見た目が女の子みたいで、男の子たちにいじめられてばかりで、人の後ろに隠れてばかりの、臆病な子だった。
　２人で一緒にいたときは、わたしが活発な性格だったのと、見た目も女の子らしさがなかったので、よく男の子に間違えられていた。
　その仲良くしていた男の子は、いつもいじめっ子たちにいろいろ言われても言い返したりしなくて、わたしの後ろでビクビクおびえて、逃げてばかり。
　だから、なぜか女の子であるわたしが、その男の子を守っていたような過去があったりする。
「なんだ、雛乃ってばちゃんと覚えてるじゃないの」
「覚えてるっていうか……。その男の子のことぼんやりしか覚えてない」
　幼稚園の年長まで仲良くしていた記憶はあるんだけど、そこからどうなったのか、あまり覚えていない。
「まあ、そうよねぇ。ハルくんちょうど、小学校に入る前に引っ越しちゃったし」
「あ、そうなんだ。……って、その弱っちいハルくんが榛名くんってこと!?」
　待ってよ、あの子がほんとに榛名くんなの!?

「弱っちいって失礼すぎ」
「榛名くんはちょっと黙ってて！」
「あら、雛乃まさかハルくんと同じ高校だって気づいてなかったの？　わたし、てっきり知ってたと思ってたのに〜」
「し、知らない、知らない!!」
　昔の記憶すらなかったのに、あの弱虫ハルくんが榛名くんなんてわかるわけない。
　しかも、見た目も性格も変わりすぎじゃない？
　わたしの中の記憶では、もっとこう、かわいらしかったんだけど！
　今すごい生意気(なまいき)になってない？
「ハルくんのお母さんと、わたし仲良くてねぇ。引っ越してからも連絡は取り合っていたの。ほら、覚えてない？　ハルくんの家族とよく会ってたじゃない」
　そういえば……家族ぐるみで仲がよかったような……。
　引っ越してからは会っていないけど。
「だ、だからって、それと榛名くんがウチに住むのと、どう関係してるわけ!?」
　肝心なのはそこだ。
「じつはね、ハルくんのお母さんが困ってたのよ」
「な、何を？」
「ハルくんが今住んでいるところがね、通っている高校からすごく遠いのよ」
「うん……」
　なんとなく言いたいことはわかってきたよ。

「それでね、お母さん提案してみたの。よかったらハルくんをウチであずからせてくれないかって。ほら、ここからならそんなに学校も遠くないし？」

 な、なんてことを提案してくれたんだ。

「そうしたら、ハルくんのお母さんが、ぜひお願いしますって喜んじゃってね」

「でも半年間って」

「半年したら、ハルくん一家はこの辺に引っ越してくる予定らしいのよ。だからそれまでの間だけ、ウチにハルくんが住むことが決まったわけよ」

 自分の母親ながら、なんて能天気なんだろうって思ってしまう。

「もうハルくんの荷物とかも部屋に運んじゃってるから、決定よ？」

 はぁぁ……なるほど。それでさっき、家の前に引っ越し業者のトラックが止まっていたのか。

 これはわたしが嫌だと言っても、どうにかなる問題じゃないことはわかる。

 いや……でも、こんな危ない人と一緒に住むなんて、何されるかわかんないじゃん。ほんの数時間前にされたこと、わたしは忘れてないんだから。

 でも、まあ……さすがにわたしのお母さんとお父さんもいるわけだし。変なことしてくるわけ……。

「あ、それと急なんだけど、明日からしばらくパパと一緒に、パパのおばあちゃんの家に行くことになったの」

「え、おばあちゃん何かあったの?」
「それがねぇ、最近体調があまりよくなかったみたいで、倒れちゃったのよ」
「えぇ……!!」
　な、なんてことだ。あんなに元気にしていたおばあちゃんが倒れてしまうなんて。今は、おじいちゃんが亡くなっていて、おばあちゃんは一人暮らしをしているから、とても心配だ。
「ほら、おばあちゃん一人暮らしだから心配でしょ？　何かあってからじゃ遅いし。それでパパがしばらくの間、看病のために実家に帰るって言うから、お母さんもついていくことにしたの」
　お父さんの実家といえば、今わたしたちが住んでいるところからかなり離れている。
「ほんとはね、雛乃も連れて行きたかったんだけど学校があるからねぇ。パパは介護休暇とか使って在宅仕事に切り替えられるからいいけど。まあ、半年くらいで戻ってくる予定だから。それまでハルくんと仲良くね？」
　ちょ、ちょっ!!
「ハルくん、雛乃のこと頼むわね？　1人置いていくの心配だったのよ〜。ハルくんいれば安心よね！」
「あ、あのさ、ちょっと待って！　勝手に話を進めないで！」
　わたしが止めに入っているのに、お母さんは耳を貸さないどころか、さらにベラベラと口を動かす。
「タイミングばっちりだと思わない〜？　おばあちゃんの

看病でお母さんたちが家を空ける期間と、ハルくん一家が引っ越してくるまでの期間が同じなんて〜」

　頭が混乱してきた。

　半年間……わたしは榛名くんと２人で暮らさなきゃいけないって？

　嘘だ……。う、嘘だぁぁ!!
「な、なんでこんなことに……っ」

　ガックシうなだれるわたしの隣では、平然とした態度でお母さんの話を聞いている榛名くん。
「女の子１人だと危ないし、何かあったら困るじゃない？」

　いやいや、お母さん。

　この人と一緒にいるほうが、100倍危ないですけど？

　もう、何か起こっちゃってますけど！
「お母さん、大丈夫ですよ。僕が雛乃のこと守ってあげるんで」

　どの口が言ってるんだ。
「あらっ、頼もしい！　正義感が強くて、雛乃を守ろうとしてくれるところは、昔から変わってないわね〜」

　やめてよ、そこで盛り上がるの。

　っていうか、昔の榛名くんは、わたしより弱っちい男の子だったから、わたしを守ろうとしてくれたことなんてあったっけ？　いつもわたしが守っていたような記憶しかないんだけど。

　そのとき、さっき図書室で倒れているように寝ていた榛名くんの姿が、パッと頭に思い浮かんだ。

さっきからなんだろう、引っかかるような感じがするのは。結局思い出すことはできない。
「懐かしいわねぇ。昔、男勝(まさ)りだった雛乃が男の子とケンカして、ハルくんが守ろうとしたときがあったじゃない？」
　はて、そんなことあったっけ？
「それで、ハルくん、結局男の子たちに負けちゃってね。泣きながらケガまでしてるのに、雛乃を最後まで守ろうとしたのよね〜。もうお母さん感動しちゃって。そんなハルくんだから、雛乃のことを任せてもいいかなって思ったのよ〜」
　待って……と、言おうとすると、タイミング悪く電話が鳴った。お母さんがすぐに出て、そこで会話は終了。
　どうやら電話の相手はお父さんだったみたいで、お母さんは慌てた様子で電話を切った。
「パパが早く来いって言ってるから、お母さんもう行くね。じゃあ、そういうわけで、今日から2人で頑張ってね？お母さんは今からパパが泊まってるホテルに行って、そこからおばあちゃんの家に向かうことにするから。何かあったらいつでも連絡しておいでね？」
「え……嘘でしょ。お母さんたち、もう今日からいなくなるの？」
「そうよ？　もう荷物も必要なものは運んでもらったし？」
　こんなに話がとんとん拍子(びょうし)で進んでいくなんて、いまだに実感が湧(わ)かない。
「長くても半年したら戻ってくるから！　ハルくんと2人

なら大丈夫よ〜。お母さんが保証するわっ!」
　その保証はまったく信用がないんですが。
　わたし今日、この最低男にファーストキスを奪われたんですけど?
「半年間、2人で頑張ってね〜!　じゃあ、またね〜」
　こうして、お母さんは嵐のように去っていってしまった。
　こんなにもあっさり、2人で暮らすことが決まってしまうなんて。
　2度と関わりたくもない、関わるつもりもないと思っていた人と同居なんて、やっていける気がしない……。
　わたしが絶望の中をさまよっているっていうのに。
「ねー、雛乃」
「…………」
「ひーな、無視すんな」
「な、なんでしょうか……」
「お腹すいた。なんか作って」
「やだよ、わたしそんな気分じゃないもん……」
　わたしがそう言うと、むすっとした顔でこちらをにらんできた。
　す、拗ねてる。
　ってか、お腹すいて拗ねるって子どもじゃないんだから。
「なんか作って」
「いや」
「んじゃ、ひなのこと食ってもいいの?」
「意味ワカリマセン」

誰か、この人をどうにかしてください。
「本気で襲ってもいーの？」
「幼児体型に興味ないって言ったくせに」
「お腹減ってたらなんでもいーんだよ」
「ありえない、サイテー！」
　こんな自由人と一つ屋根の下、生活していかなきゃいけないなんて、無謀すぎる。
「食われたくなかったらなんか作って」
　仕方ない……。わたしもお腹すいたし、とりあえず何か作ることにしよう。
　わたしが料理をする間、榛名くんは部屋に戻っていった。
　ちなみに、榛名くんの部屋は２階で、わたしの隣の部屋らしい。もともと空き部屋で、使われていなかった場所。
　冷蔵庫の中を見て、食材があまりそろっていなかったので、簡単にチャーハンを作ることにした。
　数分して、できあがったチャーハンをお皿に盛っていたら、榛名くんがやってきた。
　制服から、ダボッとしたスウェットに着替えをすませていた。
　榛名くんはそのままイスに座ったので、テーブルに作ったばかりのチャーハンを置いた。
「はい、どうぞ」
　超シンプルな玉子チャーハン。
　これで不味いとか文句言ってきたら、今すぐここから追い出してやるんだから。

テーブルに自分の分も並べて、イスに座って食べ始める。
「…………」
「…………」
　テーブルを挟んで正面に座る榛名くんは、黙々(もくもく)と食べ続ける。
　パクパクとスプーンを止めずに、あっという間に食べ終えていた。
　わたしなんか、まだ３口くらいしか食べていないのに。
　よほどお腹がすいていたんだなって、自分の分を食べ進めようとしたら。
「それ、ちょーだい」
「え、これわたしのだよ」
　わたしのお皿のチャーハンに手をつけ始めた。
「あれだけじゃ足りない」
「えぇ、結構多めにしたよ？」
「美味しかったからもっと食べたい」
　あれ？　今、美味しいって言った？
　絶対、味に文句をつけてくるだろうと思っていたから、びっくり。
「おかわり、フライパンにあるよ」
「んじゃ食べる」
　こうして晩ごはんを終えたわたしたち。
　今わたしは洗い物をして、榛名くんはお風呂(ふろ)に入っているところ。
　やっぱりいまいち実感が湧かない。

ほんの数時間前に出会った人と、しかも自分が大嫌いだと思った人と、一緒に住むことになるなんて。
　やっぱり、ついてないことは連鎖してきた。これ以上のことが起こったら、もう身が持たない。
　ってか、この同居は絶対誰にもバレるわけにはいかない。
　仮にも高校生の男女2人が、一つ屋根の下で一緒に住んでいるなんて周りに知られて、変なことを考えられたら嫌だし。
　明日にでも榛名くんに言っておかなきゃ。この同居は秘密だからって。
　それからわたしもお風呂をすませて、夜寝るまで自分の部屋にこもって、榛名くんとは会話をすることなく、1日目は終わった。

榛名くんはデリカシーがありません。

「ん……」

　翌朝……。

　アラームが鳴る前に目が覚めた。

　まだ寝起きで意識がボーッとしている中、手探りでスマホを探して時間を確認した。

「……6時半かぁ」

　まだあと30分は寝られる。

　よし、このまま寝ようと、目を閉じた。

　なんだかいつもよりやわらかい感触に包み込まれていて、温かくて心地がいい。いい匂いもする。

　思わず、その温もりがあるほうに、背中をすり寄せた。

　……あれ？　おかしいなぁ……。

　ベッドには、わたし1人しか寝ていないはず。

　それなのに、わたし以外の誰かの気配を感じる。

　閉じていた目を再び開けた。

「ん……、え……」

　身体をくるっと回転させて反対側を見ると、ありえない光景が目の前にあった。

　そこには、あるはずのない、スヤスヤと気持ちよさそうに眠る榛名くんの寝顔。

　な、何がどうしてこうなった。

　あたりを見る限り、ここは間違いなくわたしの部屋だ。

夜寝る前、たしかにわたしは１人でベッドに入ったはず。
それなのに、なんで榛名くんが……。
はっ、ま、まさか。
すぐに、自分が服をちゃんと着ているかどうか手探りで確認した。
よ、よかった。ちゃんと着てる。
さっきまでボケッとしていた意識は、この一瞬ではっきり覚めた。
な、なんで人のベッドで平気で寝てるの!?
すぐに起きて、離れようとしたのに、榛名くんの腕がしっかり、わたしを抱きしめてきて、離れられない。
「ちょっと、榛名くん……！」
ペチペチと軽く榛名くんの頬を叩いてみた。
すると、身体をもぞもぞ動かしながら。
「ん……まだ眠い」
そう言って、もっと強く抱きしめられてしまった。
「ちょっ、どこ触ってるの……！」
回されてる腕の位置が際どいんだって……！　お願いだから、早く離してよぉ……！
腰のあたりに榛名くんの腕があるし、さっきより強く抱きしめてきたせいで、身体がさらに密着してくる。
な、なんなのこれ……!!
「榛名くんってば！　起きて！」
この状況に耐えきれなくなって、大声で名前を呼んだ。
「……ん、なに」

ようやく目を覚ましてくれた様子の榛名くん。
「な、何じゃない！　なんでわたしのベッドで寝てるの！」
「……知らない。部屋間違えたんじゃない？」
　まだ眠いのか、声があまり出ていない。機嫌が悪そうだし、自分がどんなことをしているのか自覚をしていない。
　普通ならこの状況、おかしいってなるから！　少しは申し訳なさそうにしてよ。
　なのに、悪びれた様子は、これっぽっちもない。
　榛名くんの自由な性格は、どこまでなんだろうってなる。
「こ、ここ、わたしのベッドなの！　今すぐ、自分の部屋に戻って！」
「んー、まだ離れちゃダメ」
　引き離そうとしたら、さらに抱き寄せられてしまって、完全に抱き枕状態にされてしまった。
　こ、こんなのにドキドキしちゃいけないって、頭ではわかっているのに。
　近すぎる距離感に、ドキドキさせられてしまう。
「うぅ……むりぃ……!!」
　榛名くんは、こんなことするの慣れているかもしれないけど、わたしはまったく慣れていない。
　そもそも男の子に、こんなふうに抱きしめられたことないんだから……！
　榛名くんの胸に顔を埋めて、身動きがとれないまま。
　すると、榛名くんは少しずつ目が覚めてきたのか、上からフッと笑い声が聞こえた。

それに反応して、埋めていた顔を上げると、イジワルそうに笑っている榛名くんが見えた。
「ひなって、こーゆーの慣れてないんだ？」
　バ、バカにされてる。
　だけど、図星だから言い返す言葉がない。
「そ、そんなことどうでもいいから、早く離し……ひゃっ！」
　薄いＴシャツの上から、背中をツーッと指でなぞられたせいで、変な声が出てしまった。
「いい声出すね」
「な、なに言って……」
　この人は、朝から頭のネジが外れているレベルで暴走している。
「い、いい加減にしないと……」
　わたしがまだ話している途中だっていうのに、お構いなしに遮って。
「……へー、意外とあるじゃん」
「は、は……い？」
　い、いきなりなに言って……。
「身体ひっついてみたらわかったけど、幼児体型でもなさそー」
「……は、はぁ!?」
「まあ、もう少し大きいほうが好みだけど」
「サ、サイテー!!　ありえない!!」
　引っこ抜いた枕を榛名くんの顔面に投げつけて、部屋を飛び出した。

あれから身支度をさっさとすませて、家事を少しやってから登校した。
「あれ、雛乃おはよ。今日早いんだね？」
　教室に着いて席に座ると、友達の野上杏奈が声をかけてきた。
「あぁぁ、杏奈、おはよう……」
「なんかお疲れ？」
「うん、だいぶお疲れ……」
　杏奈とは中学、高校と一緒で、ずっとわたしと仲良くしてくれている大切な存在。
　見た目はわたしとは違って美人系。
　いつも髪を外ハネに巻いているのが特徴的。
　顔立ちはシュッとしているし、身体は細いし、羨ましい容姿の持ち主。
　聞き上手で、いつも相談に乗ってくれたりする、心強い存在でもあったりする。
　今回の同居の件も相談したいくらい。
　まあ、また時間があるときに、たっぷり話を聞いてもらおう。
　今日は朝から学年集会があるから、あんまり時間ないし。
「あれ？　雛乃、リボンは？」
「んえ？」
　杏奈に指摘されて視線を落とすと、リボンがないことに気づいた。
　朝、バタバタしていたせいで、つけ忘れていたみたい。

さ、最悪だ……。学年集会があるっていうのに、リボンを忘れるなんて。
「ど、どうしよう。誰かリボン、余分に持ってないかな」
「みんな１つしか持ってないよ」
「だよね……」
　はぁぁぁ……こんなことになったのも、ぜんぶ榛名くんのせいだ……！
　昨日から災難なことばかりが続いていて、泣きたくなる。
「とりあえず生徒指導室に行って、リボン借りてきたほうがよさそうじゃない？」
「うぅ……やだなぁ。先生怖いし」
　生徒指導の先生って、オーラからして苦手なんだよなぁ。
　怒ってなくても怖いし。
「仕方ないよ。忘れたって正直に言ったほうがいいんじゃない？　あとでバレたときのほうが厄介だろうし」
「そうだよねぇ……」
　諦めて生徒指導室に行こうとしたときだった。前の扉のほうから、聞きたくもない声が聞こえてきたのは。
「ひーな」
　恐る恐る、声のするほうに視線を向けてみれば、呑気にこちらに手を振っている榛名くんの姿。
　いちおう榛名くんは、わたしたちの学年では有名人。
　女子たちが騒ぐ、注目の的の人。
　そんな人に、あんな堂々と親しげに名前を呼ばれて、クラスにいた女子たちの視線がほぼぜんぶ、わたしのほうに

向いた。
　ひぃぃ……こわっ……！
「え、榛名くんに呼ばれてるじゃん」
　杏奈も、ほとんど関わりのない榛名くんからの呼び出しに驚いている。
　失敗した……。学校では、話しかけてこないでと言っておくべきだった。
　すると榛名くんは、わたしが反応しないのに痺れを切らしたのか、教室に入ってきて、わたしの席までやってきた。
　クラスメイトの視線が一気に集まり、静まり返る。
「ひなのくせに僕のこと無視するんだ？」
「なっ、そんなこと……」
　うっ、周りの視線が痛い……！
　お願いだから、注目浴びてるって自覚してよ……!!
「せっかく忘れ物届けに来てあげたのに」
「へ……、忘れ……もの？」
　するとズボンのポケットに手を突っ込んで、ヒラヒラとわたしに見せてきた。
「リボン、ウチに忘れてた」
「っ!?」
　内心ヒヤッとした。
　いや、ヒヤッどころじゃない。
　クラス中がざわついた。
　きっと、誰もが思っただろう。
　こいつら、どういう関係なんだよって。

間違いなく、何かあると思われたに違いない。
　せめて、もっとひっそり届けてくれればよかったものを。
　こんな堂々とされたら、何も言い返せない。
「これ、必要でしょ？」
　そりゃ、必要だけども……！
　届けてくれて、ありがたいけども……！
　みんながざわついているっていうのに、榛名くんはそんなのまったく気にしていない。
「ほら、つけてあげる」
　そう言って、わたしに近づいてきた。ブラウスのいちばん上のボタンを外されて、榛名くんの手によって、パチッとリボンがつけられた。
「せっかく届けてあげたのに、お礼は？」
「あ……いや、えっと……」
　正直それどころじゃないんですけど！
　周りを見てくれませんかね!?
　すごーい注目されてますけど!!
　まさかとは思うけど、この状況に気づいていて、わたしの反応を見るのを面白がっているのか!?
　それを証明するかのようにフッて笑って、わたしの耳元でとんでもないことを言ってきた。
「お礼はまた夜にちょーだいよ」
「っ!?」
　周りに聞こえたか心配して、不自然にキョロキョロしてしまった。おまけに意味深なことを言ってくるものだから、

顔がボッと赤くなってしまった。
　そんなわたしを見て、イタズラっぽい笑みを浮かべながら、榛名くんは教室を去っていった。
　そのあと、学年集会が始まるまで、杏奈に質問攻めにされた。
「今のどういうこと!?　なんで榛名くんが雛乃のリボン持ってるの!?　まさか一緒にどこかに泊まったの!?」
　とか。
「まさか榛名くんとそういう関係になったの!?　わたしが知らないところで!?」
　杏奈のいろんな妄想と勘違いが炸裂しすぎて、抑えるのに大変だった。
　教室では答えにくいので、とりあえず廊下に出て、昨日あったことを話した。
　榛名くんと図書室で偶然出会って、キスをされたこと。
　おまけに、半年間一緒に住むことが決まったこと。
　すべて話し終えると、杏奈は興奮しながら、「何そのおいしい展開は!!　いいじゃん、あの榛名くんと同居してるなんて!」と、1人盛り上がっていた。

　あっという間に授業は終わり、放課後になった。
　帰りの支度をしながら、窓の外を見てみれば、今にも雨が降り出してきそうな空模様。
　今日は残念ながら、傘を持ってきていないので、雨に降られては困る。

濡れて帰るのはごめんだ。

降り出す前に帰ろうと急いで学校を出たとき、ふとあることを思い出した。

……今日の晩ごはんどうしよう。

昨日は余り物ですませたし、今朝は作る時間がなくて朝ごはんは作っていない。お昼も購買ですませたし。

だけど、今日の夜は何か買って帰らないと、作れそうにない。

榛名くんは基本的に、家事をいっさいやりたがらなさそうだから料理も、洗濯も、お風呂掃除も、ゴミ出しも、そのほかの家事も、すべてわたしがやらなければいけない。

ということは、わたしが食材を買って帰らなければ、今日の晩ごはんが何もなくなってしまう。

仕方ない……。近くのスーパーに寄ってから帰るか。

こうしてスーパーに寄って、買い物をすませた。

「うわ、最悪だ……」

スーパーで買い物を終えて、外に出てきてみたら、雨が降り出していた。

家まで走れば５分。けど荷物を持っているから、もっとかかると思う。

やむのを待つか、それともこのまま走って帰るか。

そのとき、またしても別のことを思い出した。

しまった……洗濯物が!!

今朝干した洗濯物が、雨に濡れてしまっている!!　こう

してはいられない、早く帰らなくては!!
　結局、慌ててスーパーを出ると、雨の中ダッシュで家に帰った。
　家に着いた頃には、びしょ濡れになっていて、ブラウスが肌に張りついて気持ち悪い。早く着替えたい。
　そう思って玄関に手をかけると、鍵が開いていた。
　あ、榛名くんが帰ってきているのか。
　とりあえず洗濯物を取り込まないと。着替えは後回しにして、リビングの扉を開けた。
「あー、ひなおかえり」
　するとそこには、ソファに座っている榛名くんがいて。
「え、あ……ただいま」
　榛名くんの近くには、今朝わたしが干していった洗濯物たちがあった。
　しかも驚いたのが、榛名くんが洗濯物をたたんでくれている。
「雨降ってきたから洗濯物取り込んどいた。ついでに今、たたんでる」
「え、あ、ありがとう」
　意外だ。絶対しないだろうって思っていたから。
　とてもありがたいと思った。
　のも、つかの間で。
「これ、どーすればいい？」
　そう言って、わたしに見せてきたものに衝撃を受けた。
「ちょ、ちょっ、ちょっ!!」

すぐさま榛名くんの手から、それを奪い取った。
「それ、たたまなくていい？」
「バ、バカ！　変態！！」
　榛名くんにはデリカシーってものがなさすぎるんだよ!!
　当たり前のように、女の子の下着をたたもうとするバカがいる!?
　なんでそんなしれっとした顔してるの!?
「そんな慌てる？」
「あ、慌てるでしょ!!　せ、洗濯物はわたしがやるから、これ冷蔵庫にしまっておいて！」
　さっき買ってきたばかりの買い物袋を、榛名くんに押しつけた。
　すると、それを受け取ってキッチンに向かうかと思えば。
「びしょ濡れ」
「え？」
　わたしを上から下までジーッと見て、そう言った。
　あ、そうだった。わたし雨の中、走って帰ってきたんだ。
　早く着替えないと。
「透けてる」
「何が？」
　榛名くんの視線が、わたしの顔から少し下に落ちた。
　そして、一点を指さした。
「ピンク」
「……は、い？」
　なに言ってるの？と榛名くんを見てみれば。

「無防備でエロいね」
「……?」
「下着透けてるって言ってんの」
「……っ!?」
　榛名くんのデリカシーのなさは、誰にも止められない。

　時刻は夜の11時を過ぎた。
「あのですね、榛名くん」
　寝る前に榛名くんとテーブルを挟んで、話し合いをすることにした。
「……なに、眠い」
　ふわっとあくびをして、話を聞いてくれそうな態度ではない。
　けど、これから一緒に住んでいくにあたって、いろいろルールみたいなのを決めたほうがいいと思う。
　変なことされたり、周りに同居のことを口走られたりしたら、心臓がいくつあっても足りない。
「まず、この同居は、周りにバレてはいけないと思うんですよ」
「そうですか」
「そうなんです!　だから、今日みたいに誤解を招くようなことはやめてくださいと言いたいのですよ」
「誤解招くよーなことした覚えないんだけど」
「いやいや!　リボン!　届けてくれたのはありがたかったけど、あんな堂々とはやめてほしいの」

内心ヒヤヒヤだったんだから。
　ウチに忘れてたなんて言ったら、どう考えても誤解されるでしょうが！
「あー、はいはい」
「絶対、同居は周りには内緒だからね？」
　それと、まだまだ言っておかなくてはいけないことがたくさんある。
「あと、家事のことなんですが、榛名くんは何もしなくて大丈夫なので」
「へー、いいの？」
「たまに手伝ってほしいときにお願いするから」
　今日の洗濯物事件は、わたしにとって大打撃だ。
「ふーん。ひながそれでいいなら別にいいけど」
　大変かもしれないけど、仕方ない。
　榛名くんに何かやらかされてからじゃ遅いし。
　しかも、榛名くんはデリカシーない人間だから、それが悪いことだというのを自覚していない。だからタチが悪い。
「あと、もう１つ！」
「……なーに、注文多いね」
「寝ぼけてわたしのベッドに入ってくるのは、絶対やめること！」
「寝ぼけてなかったら入っていーの？」
「はぁ!?　ダメに決まってるでしょ！」
　お願いだから、これ以上わたしを榛名くんの自由さに巻き込まないでほしい。

「ひなのほうこそ、間違えて僕のベッドに入ってきたら襲っちゃうよ？」
「断じてそんなことはしません」
「さびしくなったらいつでもおいでよ」
　誰がこんな危険人物と一緒に寝るもんか!!
　さびしくなっても、一緒に寝てほしいって頼むことなんて、絶対ありえないんだから。
「んじゃ、話はそれだけ？」
「う、うん」
「じゃー、僕からも１つ」
「？」
「今日みたいにあんま無防備な姿見せないよーにね」
「っ！」
「勢いで押し倒しそうになったから」
「バ、バカー!!」
　あと半年間。わたしは無事に過ごせるんだろうか……。

Chapter.2

後輩の楓くん。

「はぁぁ……」
　榛名くんとの同居が始まって、2週間くらいが過ぎようとしていた。
　今のところ、そんなに目立った事件は起こらずにきたのに、わたしのほうで事件が起こってしまった。
「中間テストが絶望的だ……」
「雛乃はいつもテスト絶望的じゃん」
　今は放課後。帰りの準備を終えて、杏奈と教室に残っているところ。話題は、迫ってきている中間テストについて。
「そんなはっきり言わなくても……」
「事実じゃん」
「そりゃそうだけども！」
　全教科危ないけど、その中でも数学が壊滅的にできない。
　他の教科は、暗記すればなんとかなるっていうスタンスで乗り越えてきているけど、数学はそう簡単にはいかない。
　だから苦手なんだよなぁ……。
「あんな〜、数学教えてよ〜」
「いや、無理。雛乃の数学のできなさは、わたしじゃ手に負えない」
「そんなぁ……」
　杏奈に見捨てられたらわたしどうしたら……。
「わたしじゃなくても、立川(たちかわ)くんだっけ？　その子にまた

教えてもらえばいいじゃん？」
「うぅ……だって後輩(こうはい)だよ？」

　杏奈の口から出てきた立川くんとは。
　立川楓(かえで)くん。
　わたしの1つ下で、高校1年生の後輩くん。
　楓くんは中学の後輩で、委員会をきっかけに仲良くなった男の子。
　高校もわたしと同じ学校に入学してきて、委員会もわたしと一緒の図書委員。
　たぶん、わたしが唯一、仲良くしている男の子が楓くんといってもいいくらい。
　楓くん、いい子なんだよなぁ。年下なのにしっかりしてるし。
　たまにからかってくることもあるけど。
「いつも勉強教えてもらってるんでしょ？」
「う、うん……」

　楓くんは、超がつくほど頭がいい。
　今の高校を選んだのが不思議なくらい。もっと上のレベルの高校だって狙(ねら)えたはずなのに、ずいぶんレベルを下げて、ここに入ってきたし。
　もっと上のところを目指さないの？って聞いたこともあったけど、「んー、雛乃先輩には内緒です」って片づけられてしまった。
　楓くんはとくに数学が得意で、1年生なのに、2年生の数学なんてお手のもの。

いつもテスト期間が近づいてくると、わたしの数学の勉強を一緒に手伝ってくれる、とってもいい子。
「いいじゃん、今回も頼んでみたら？」
「ええ、迷惑じゃないかなぁ……」
　いつも頼ってばかりだし。いつか呆れられて、見捨てられてしまいそう。
「立川くんだって雛乃と一緒にいたいだろうし、いいと思うよ？」
「わたしなんかと一緒にいたいわけないじゃん」
「ったく、雛乃は鈍いねー。まあ、大丈夫だって……って、噂をすれば立川くん来てるじゃん」
　杏奈の指さすほうを見ると、教室の前の扉のほうに楓くんがいた。
　わたしのほうに手を振っている。
「よかったじゃん。そろそろ雛乃が困る頃だと思って、様子見に来てくれたんじゃない？　ほんと、いい子だよねー」
「ちょっと行ってくるね」
　自分の席から離れて、廊下にいる楓くんに駆け寄る。
「あー、気づいてくれた。よかったです、まだ帰ってなくて」
「えっと……」
「テスト大丈夫ですか？」
「うっ……」
　やっぱり杏奈の言うとおり、テストの心配をして、わざわざ来てくれたんだ。
「また、ウチ来て勉強します？」

いつも勉強を教えてもらうときは、楓くんの家にお邪魔している。
「め、迷惑じゃない？」
　楓くんの顔色をうかがいながら、遠慮気味に聞いてみたら、にこっとこちらを見て笑った。
「迷惑じゃないですよ。俺、雛乃先輩が困ってたら助けたいんで」
　頭を軽くポンッと、撫でられた。
　自分のテストもあるのに、それに加えてわたしの面倒まで見てくれるなんて、いい子すぎるよ。
「じゃ、じゃあ、お言葉に甘えてお願いします……！」
　こうして、テストまで約１週間。
　楓くんの家で勉強会がスタートすることになった。
　早速、今日から勉強を教えてもらうために、２人で学校を出て、楓くんの家に向かう。
　途中の帰り道で再度、迷惑じゃないか聞いてみた。
「楓くん、ほんとに迷惑じゃない？」
「なんでそう思うんですか？」
「だ、だっていつも楓くんに頼ってばっかりで、わたしが先輩なのに、その……」
　すると、楓くんがピタッと足を止めて、真剣な顔でわたしのほうを見た。
「雛乃先輩にはもっと頼ってもらいたいですよ。それに先輩だからとか関係ないですから」
「えぇ、でもいつも頼ってばかりで」

「俺が好きでやってるんです。だから迷惑でもないですし、むしろ雛乃先輩と一緒にいられる時間が増えるんで、好都合ですよ?」
「楓くん、いい子すぎるよ……!」
「そうですか?」

　楓くんの性格は、このとおりいいし、見た目だってとってもかっこいい。

　綺麗なサラサラの黒髪がよく似合っていて、前髪が少し長くて、その隙間から見える瞳がとても綺麗。

　顔立ちは、榛名くんに負けないくらいかっこいい。身長もわたしよりずっと高くて、180センチは超えているのかな?　いつもわたしが見上げないと、顔が見えない。

　頭がよくて、優しくて、しっかりしていて、何もかも完璧な楓くん。

　1年生の間でモテるって噂も聞いたことあるしなぁ。まあ、そりゃそうだよね。こんな絵に描いたようなイケメンいないもんね。

　女子たちが放っておくわけがない。
「楓くんって、彼女とかいないの?」
「急にどうしたんですか?」
「だって楓くんってかっこいいし、優しいし、モテるでしょ?　だから彼女とかいないのかなぁって」

　再び2人で横並びに歩きながら、そんな会話をする。

　楓くんと付き合いは長いけど、彼女いるの?とか聞くのは何気に初めてかもしれない。

「……誰にでも優しいわけじゃないんですけどね」
「え?」
　どういう意味なのか、いまいち理解ができなかった。
　楓くんはみんなに優しいと思っていたんだけどなぁ。
「彼女はいないですよ。好きな人ならいますけど」
「えぇ、好きな人いるの!?」
　好きな人いるんだ!!
　だったら、その人が楓くんの彼女になるのは、時間の問題だ！
「いますよ。ずっと俺の片想いですけど」
「告白しないの？」
「しないですよ。その人、俺のことそういう対象で見てないんで」
「えぇ、そうなの？　もったいないなぁ、楓くんこんなに素敵なのに！」
　思ったことを素直に言うと、楓くんは少し切なげに笑った。
「雛乃先輩にそう言ってもらえるだけで嬉しいですよ」
「そ、そっか。その人とうまくいくといいね」
　ここで会話は途切れてしまい、気づいたら楓くんの家の前まで来ていた。一戸建ての大きな家。
　楓くんが玄関の鍵を開けて、中に入れてくれた。
「どうぞ。先に俺の部屋に行っててください。飲み物取ってから行くんで」
「わ、わかった。お、お邪魔します」

「部屋の場所覚えてますか？　階段上がって、すぐ右の部屋です」
「うん、ありがとう」
　楓くんの家は、とても大きくて広い。
　三階建てで、家の中にエレベーターがあるし、見渡す限り部屋の数もかなり多い。
　絶対お金持ちだよなぁ。
　いつ来ても、この雰囲気に緊張してしまう。
　さっき楓くんから聞いたとおり、階段を上がって、すぐの右の部屋の扉を開けた。
　白と黒のモノトーンでまとめられたシンプルな部屋。本棚には難しそうな分厚い本ばかりが並んでいる。
　他には大きなガラスのテーブルと、ベッドが１つあるくらい。
　いつも、この大きなテーブルで、床に座って勉強を教えてもらっている。
　とりあえず、テーブルの近くに腰を下ろして、楓くんが来るのを待つ。
　楓くんのご両親は共働きで、遅い時間にしか帰ってこない。なので、この時間帯にお邪魔すると、いつも２人っきりなんだよね。
　しばらくして、楓くんがお盆を持って部屋にやってきた。
「待たせちゃいましたね。先輩は紅茶でよかったですか？」
「うん、大丈夫」
「砂糖多めにしときましたよ」

「えへへ、いつもありがとう」
　さすが、わたしの後輩だ！
　わたしが甘いほうが好きだと知ってくれている。
「楓くんは相変わらずブラックコーヒーなんだね」
　テーブルにわたしの紅茶と、楓くんのブラックコーヒーと、おまけにクッキーを持ってきてくれた。
「甘いの苦手なんですよ」
「苦手そうな顔してるもん」
「顔って。そんなふうに見えます？」
「うん、見えるよ！」
　すると、楓くんはハハッと笑いながら。
「ほんと雛乃先輩って面白いですよね」
「ぇぇ、そうかな？」
　あれ、なんかバカにされてるのかな？
　まあ、でもいいや。楓くんが笑ってくれたらわたしも嬉しいし。
「んじゃ、ゆっくり勉強進めていきましょうか」
「う、うん。よろしくお願いします」
　こうして、楓くんとお勉強スタート。
　わたしは、とりあえず範囲(はんい)のワークを解いているんだけど、１問目からすでに撃沈(げきちん)……。
　楓くんは隣で難しい英語の本を読んでいる。
「うぬぬ……」
「大丈夫ですか？」
「む、難しいよぉ……。もうわたし今回無理……」

「無理じゃないですよ。いつもそう言って、ちゃんと勉強して赤点回避できてるじゃないですか」
「楓くんが教えてくれるからだもん」
「だから、今回も俺が教えますから。無理とか言わないで頑張りましょ」
「うぅ、はぁい……」
　これじゃ、どっちが先輩かわかんない。

　１時間弱が過ぎて、わたしの頭はパンク寸前まできてしまった。
「づがれだ……」
　楓くんは、ひとつひとつ丁寧(ていねい)に教えてくれて、わかりやすいんだけど、わたしのバカな頭が理解するのに時間がかかりすぎて、あまり進んでいない。
　範囲が結構広いのに、ちゃんとぜんぶ終わるのか、不安になってきた。
「少し休憩(きゅうけい)しますか？　先輩よく頑張ってますし」
「うぅ……そうする」
「紅茶のおかわり入れてきますね。ゆっくりくつろいでください」
　楓くんが部屋から出ていって、お言葉に甘えて、ゆっくりさせてもらうことにした。
　猫背でテーブルに向かっていたせいで、背中が痛い。
　グイーッと身体を伸ばすと気持ちがいい。
　そのまま床に寝転んでしまいそうになったけど、どうせ

だったらベッドを借りてもいいかなと思って、楓くんのベッドを借りる。
「楓くんの匂いだ」
　優しい柔軟剤のいい匂いがして、心地よくて眠くなってしまう。ふかふかして寝心地もいい。
　って、わたしくつろぎすぎかな。
　仮にも男の子の部屋に２人っきりでいるというのに、危機感がまるでない。
　楓くんだから大丈夫という安心感があるし、そもそもわたしと楓くんは先輩と後輩っていう関係で、それ以上でもそれ以下でもない。
　すると、ゴロゴロしているわたしの元に、楓くんが戻ってきた。
「お待たせしました……って、先輩、何してるんですか」
　ベッドで寝転ぶわたしを見て、楓くんが驚いた顔でこちらを見ている。
「へ……あ、つい寝転んじゃった」
　くつろぎすぎてごめんね、と照れ笑いしながら答えると、楓くんから盛大なため息が送られてきた。
　楓くんは手に持っていたお盆をテーブルに置いて、わたしが寝転んでいるベッドのすぐそばに腰かけた。
「……お願いだから、そんな無防備な姿、見せないでください」
　一瞬、楓くんは、これまで見たことのない表情を見せた。
「楓くん？」

「あー……もう。なんで危機感ないんですか」
　頭をガシガシかいて、わたしのほうとは反対のほうを向いてしまった。
　も、もしかして、くつろぎすぎて怒っちゃった!?
　すぐにベッドから飛び起きて、楓くんの隣に座り、様子をうかがう。
「か、楓くん」
「……なんですか？」
　呼びかけてもこっちを向いてくれないから、機嫌を損ねてしまったのかもしれない。
　ちょこっと楓くんの制服の裾(すそ)を握ると、ゆっくりこちらを振り返った。
「ごめんね。くつろぎすぎたよね」
「……いや、くつろいでもらうのはいいんですけど。ベッドに寝転ぶのはやめてください。無防備すぎです」
「やっぱり怒ってる？」
「怒ってますよ」
　う、嘘でしょ！　この温厚(おんこう)な楓くんを、怒らせてしまったなんて！
「俺のこと、なんだと思ってるんですか？」
「え？」
　裾をつかんでいた手を、スッと握られて、空いてるほうの手をわたしの頬にそっとそえる。
　いつもより、楓くんが少しだけ強引だ。
「俺だって男なんですよ」

「う、うん。わかってる……よ?」
 あれ、なんでだろう。
 楓くんに対して、ドキドキしたことなんて今までなかったのに。
 ドクドクと、胸の音がうるさい。
「わかってないから言ってるんですよ」
 はぁ、とため息をつきながら、「俺以外の男に、そんな無防備な姿見せないでくださいね」と、言われて頭を軽くポンポンされた。
「んじゃ、勉強再開します?」
「あ、うん」
 いつもと違う楓くんが少し気になったけど、勉強を教えてもらうのを再開してからは、いつもどおりに戻っていた。
 そして、時間はあっという間に過ぎて、時計の針は夕方の6時過ぎをさしていた。
「今日はここまでにしておきますか」
「……つ、疲れた」
「明日もウチ来ますか?」
「も、もちろん! 楓くんが迷惑でなければ!」
「だから、迷惑じゃないですって」
「ほんとに?」
「ほんとです。俺が雛乃先輩に嘘ついたことあります?」
「な、ない」
 もし嘘をつかれていたとしても、わたしバカだから気づかなそう。

「じゃあ、俺の言うことは信じてください」
「は、はい」
　わたしの反応を見て、楓くんがやわらかく笑った。この笑顔は昔から変わらないなぁ。
「遅くなったんで家まで送りますよ」
「え、あっ、大丈夫！」
　家まで来られるのはまずい。
　万が一、榛名くんとの同居がバレてしまったら大変だ。
　今のリアクションだと、ちょっと不自然すぎたかな。
「ひ、1人で帰れるから！」
「1人だと危ないし、心配なんで送ります」
「だ、大丈夫‼　ほら、外だってそんなに暗くない……」
「俺が家に行くと、都合悪いことあるんですか？」
　どひぃぃ……‼
　なんて鋭いの、この子……‼
　たぶん、もう顔にまずいですって、出てしまっていると思う。
　その証拠に楓くんが、ちょっと強めの口調で言った。
「送っていっていいですよね？」
　にっこり笑いながら、圧をかけるようにわたしを見ていたので、仕方なく首を縦に振った。
　わたしの家に向かう途中、他愛もない話をして、あっという間に家の前に着いてしまった。
　だ、大丈夫。周りを見渡しても榛名くんの姿はない。
　たぶんこの時間だから、家に帰ってきていると思うし、

家から出てこなければセーフ。
「お、送ってくれてありがとう!」
「別になんも変わったところはないですね」
　キョロキョロ周りを見ながら、そんなことを言う楓くん。
　さっきのわたしのリアクションから、何かあると疑っているんだ。
「そ、そうだよ!　何もないよ!　楓くんってば深く考えすぎ!」
　とりあえず、早くこの場から去ってもらうために、わたしの家から遠ざけるように、楓くんの背中を押す。
「今日はありがとう!　また明日もよろしくね!　じゃあまたね!!」
「雛乃せんぱ……」
　これ以上一緒にいたらボロが出そう!
　送ってもらった分際でこんな態度は失礼かもしれないけど、今は許して楓くん。
　引き止める楓くんの声を無視して、ダッシュで家の中に駆け込んだ。
　これじゃ、楓くんに同居がバレるのは、時間の問題かもしれない。
「はぁ……疲れた」
　とりあえず制服から着替えて、ごはんの準備をしないと。
　ローファーを脱いで、階段を上がり、自分の部屋の扉のノブに手をかけたとき。
　タイミングよく、隣の部屋の扉が開いた。

中から榛名くんが出てきて、ジーッとこちらを見ていた。
　　　というか、にらんでる？
「榛名くん？」
　　　わたしが呼びかけても、反応はせず、ただこちらに少しずつ近づいてくる。
　　　じわじわと迫ってくるから、逃げるように一歩ずつ後ろに下がる。
　　　そして、後ろに手をやったら、ひんやり冷たくて、気づいたら壁際まで来ていた。
「え、ちょっ……ど、どいてよ」
　　　あたふたするわたしに対して、冷静な瞳でこちらを見る榛名くん。
　　　そして、壁に軽く手をつき、わたしから逃げ場を奪った。
「は、榛名くん？」
　　　なんだか、いつもと様子が違う。
「……今までどこ行ってたの？」
　　　ようやく口を開いたかと思えば、声に若干（じゃっかん）不機嫌さが混じっていた。
「へ……？　あ、勉強教えてもらってて」
　　　わたしがそう言うと、さらに顔を近づけてきた。
「……誰に？」
「だ、誰って……別に榛名くんには関係な……」
「誰って聞いてんじゃん。……答えて」
「っ！」
　　　息がかかる、この距離はとても危険だ。

別にわたしが誰と何をしていようと、榛名くんには関係ないはずなのに。
「こ、後輩の子に教えてもらってたの」
「……それって、ほんとにただの後輩?」
　い、いったいなんでそんなこと聞いて……。
「それって男でしょ?」
「な、なんで榛名くんが知って……」
「さっき男と一緒にいるところが窓から見えた」
　な、なんだ。楓くんに送ってきてもらったところを見られていたのか。
　でも、それと榛名くんが不機嫌なのは関係ある?
「か、楓くんには、いつも勉強教えてもらってるから」
「へー……楓くんね。ずいぶん親しげじゃん。どこで勉強教えてもらってたわけ?」
「楓くんの家だよ」
　一瞬にして、榛名くんの顔がムッとした。
　そして、わたしの手首をグッとつかんできた。
「い、痛いよ」
「付き合ってんの?」
「え……?」
「そいつと」
　わたしと楓くんが付き合ってる?
　どうしてそう思うんだろう?
　そんなわけないのに。
「つ、付き合ってないよ。ただの後輩だもん」

「付き合ってない男の家に、平気で行くんだ？」
　榛名くんの言い方が、すごく嫌味っぽく聞こえるのは気のせい？
「か、楓くんは榛名くんが思ってるような子じゃな……」
「……ひなってさ、男がどーゆーのか、わかってないよね」
　初めて榛名くんの瞳が怖いと思った。
　本気で何かされるかもしれないと思った。
「……わからせてあげよーか」
　危険な笑みを浮かべながら、わたしを見下ろす。
　ゾクッとしたけど、それと同時に胸がざわつき始めた。
「は、離して……っ」
「やだよ、今すげー機嫌悪いから」
「な、なんで」
「ひなのせいだから」
　ええ、なんでわたしのせいなの？
　わたし何もしてないのに。
「なんで他の男を頼ろうとすんの？」
「え、だって楓くんしか頼れる人いないし」
　すると盛大なため息が、榛名くんから漏れた。
「だったら、僕のこと頼ればいーじゃん」
「え？」
　いや、急に何を言いますか。
　わけわかんないよって榛名くんを見ても、お構いなし。
「楓くんってヤツ頼るのやめなよ」
「で、でも……」

「でもじゃない。勉強なら僕が教える」
　あ、そっか。榛名くんって頭いいんだっけ。
　たしか、学年で上位の成績だって聞いたことがある。
　けど、榛名くんのことだから、勉強教えてくださいとか頼んでも、面倒くさいから無理とか断りそうじゃん。
「だから楓くんってヤツの家に行くのやめて」
「うーん……でもこれから1週間お願いしちゃったし……」
　今さら断るのも申し訳ないような。
「やめないなら、楓くんってヤツに僕とひなが同居してることバラすよ」
「え、ええ!?　それはダメだよ!!」
　バレたらいろいろ厄介なことになるから！
「嫌なら断りなよ」
「うぅ……」
　こうして、榛名くんに逆らうことができず、言われたとおり、翌日楓くんに断りを入れに行った。
　「いきなりどうかしたんですか？」って聞かれたけど、まさか榛名くんに脅されているからとは、言えるわけもなく。
　他の子に教えてもらうという理由を無理やり作って、断ってしまった。
　若干……いや、かなり怪しい目で見られたけど。
　楓くんのことだ……。鋭いからすぐに気づいてしまうかもしれない。
　その日、家に帰ってから、きちんと断ったことを榛名く

んに伝えると、満足そうな顔をしていた。
　そして、約束どおりテストまで、榛名くんはきちんとわたしに勉強を教えてくれた。
　数学だけじゃなくて、他の教科もぜんぶわからないところを聞いたら、わかりやすく説明してくれた。
　こうして、今回の中間テストは榛名くんのおかげで、無事に赤点なしで終えることができた。

ちょっぴり優しい榛名くん。

　スマホのアラームが鳴る前に目が覚めた朝。
　今日の朝はいつもと違っていた。
「だるい……」
　頭は痛いし、気分は悪いし、全身が痛い。
　……間違いない。風邪だ。
　ここ最近、学校のことや家のことをいろいろやっていて、疲れているなぁとは自覚していた。だけど、頼れる人もいなくて、ぜんぶ1人で抱え込んでしまった。そのせいで、ついに風邪をひいてしまった。
　とりあえず身体を起こして、リビングにある体温計で熱を測ると、やっぱりいつもより体温が高い。
　リビングのソファにグダーッと倒れ込むと、そのまま寝てしまいそうになる。
　あ……でもダメだ。今日は、今から洗濯をして、昨日洗えなかった食器を片づけて、ゴミも出さなきゃ。
　おまけに、榛名くんの朝ごはんも用意しなくては。
　……やることが多すぎる。
　考えるだけで頭が余計痛くなってくる。
　心臓の鼓動と同じリズムで、こめかみに痛みがある。
　とりあえず、榛名くんの朝ごはんはコンビニですませてもらおう……。
　そうすれば、あと少しは寝られる。

あとの家事は根性で頑張る……って、わたしにそんな根性あったっけ？なんて、朦朧とする意識の中で、どうでもいいことを考えていた。
　リビングからなんとか部屋に戻り、アラームをセットし直して、再びベッドであと少し眠ることにした。

「……ひ……な」
　目を閉じていると、誰かの声がする。
　たぶん榛名くん……だ。
　重たいまぶたを開けると、そこにはやっぱり榛名くんがいた。
「なんかあった？　珍しいじゃん、ひながこんな時間まで寝てんの」
「へ……今って何時？」
「8時半」
「え……うそ、アラーム」
「ずっと鳴ってたから、僕が止めた」
　これじゃ完全に遅刻……って、わたし熱あるんだから、学校行けるわけないか。
　わたしは休むからいいとして、榛名くんが今、家にいるのはまずくない？
　完全に遅刻じゃん……！
「え、あ、榛名くん学校は……？」
　目の前の榛名くんは、制服にちゃんと着替えている。
　こんなところで、呑気にアラームを止めている場合では

ないんじゃ？
「今日はサボる」
「え、でも制服着てるじゃん」
　少なくとも、学校に行こうとして着替えたんでしょ？
　それなのにサボるなんて。
　わたしが質問しているのに、なぜか榛名くんは何も答えてくれない。
　代わりに、わたしが横になっているベッドに身を乗り出して、覆いかぶさってきた。
「へ……な、なんで近づいてくるの……!?」
　ギシッとベッドがきしむ音がして、榛名くんの顔が、どアップで飛び込んできた。
「ちょ、ちょっ……な、何す……」
　思わずギュッと目をつぶった。
　そのとき、ゴツンッとぶつかった音がした。
　お、おでこが痛い……。
　パチッと目を開けると、榛名くんの綺麗な顔が目の前にあった。
「熱あるじゃん」
「っ、ち、近いよ……っ!!」
　この近さに身がもたないと思って、榛名くんの身体を押し返すけど、ビクともしない。
　お願いだから、この距離どうにかして……！
　ただでさえ熱があるのに、榛名くんがこんなに近くにいたら、さらに熱が上がってしまいそう。

「答えて、ひな」
　な、なんで、榛名くんがそんな心配そうな顔をして、こっちを見るの……？
「っ、わ、わかんない……。朝起きたら身体がだるくて、熱があったの」
　もう耐えられなくて、顔を横にプイッと向けて、榛名くんから視線を外した。
　すると、なんとびっくり。
「……うぎゃっ!!　ちょ、榛名くん……!?」
　さっきまで覆いかぶさっていただけなのに、いきなりガバッと抱きしめられた。
　ちょ、ちょっと!!　いきなり何!?
　まさか、こんなときに変なスイッチ入ったとかじゃないよね!?
　わたしこれでも病人なんですけど……!
　慌てるわたしとは対照的に、落ち着いた声で榛名くんが言った。
「……ごめん、気づいてあげられなくて」
　耳元で聞こえた言葉は、意外なものだった。
　とても小さくて、耳元じゃないと声が拾えない、それくらい弱かった。
「ひなのこと、今いちばんそばで見てんのは僕なのに、気づけなかった」
　ギュウッと抱きしめる力が強くなった。
　榛名くんって意外と心配性なのかな？

普段そんな様子見せないのに。
あ……でもこの感じ。
だいぶ昔に、今と似たようなことがあった気がする。
たぶん、わたしがまだ幼稚園の年中組だった頃。
風邪をこじらせて、ずっと幼稚園をお休みしていたとき。
毎日、毎日欠かさずわたしの家に、お見舞いに来てくれていた男の子がいた。
『ひなちゃん、だいじょーぶ？』
その子は、いつも部屋に来るたびに、心配そうな顔ばかりしていた。
わたしは咳がひどくて喋れなくて、風邪だから寝てばかり。遊びに来ても何も楽しくないはずなのに。
それでも欠かさず毎日来てくれていた男の子……。
『……ハルくんいつもありがとう……っ』
それが榛名くんだ……。
同居が決まった日。
榛名くんと昔、仲がよかったことをお母さんに言われても、いまいちピンとこなかった。
だけど、なぜか今、昔の記憶がはっきりした。
たしか……こんなこともあった。
これもわたしが、まだ幼かったとき。風邪で休んでいたら、お母さんが緊急でお父さんの会社に資料を持って行かなければいけなくなった。
そのとき、1人で家にいることができなくて、ぐずって泣いていたわたしのそばについていてくれたのも、榛名く

んだった。
『ひな、おかあさんいないといやだ……っ』
　ずっと、めそめそ泣いているわたしに。
『だいじょーぶ。ぼくがひなちゃんのそばにずっといるよ』
　そう言うと、小さい身体で、しっかりわたしのことを抱きしめて、安心させてくれた。
　そのときの感じが、不思議と今と重なった。
　こうやって、心配してくれるところは、変わっていないんだなぁと。
　自分勝手で、デリカシーがなくて、やりたい放題の榛名くんだけど、こういう優しい一面もあったりするんだ。
「……ひな、大丈夫？」
　何も反応がないわたしを気にして、身体を少し離して、こちらを心配そうに見ている。
　急にいつもの榛名くんと感じが違うから、調子狂っちゃうな……。
「う、うん、大丈夫……。それに、榛名くんが謝ることじゃないよ？　体調崩したのはわたしが悪いんだし」
　自己管理がうまくできていなかったから、こんなことになってしまったんだもん。榛名くんは悪くない。
「……んじゃ、今日は僕がひなの看病するから」
「え？」
「やってほしいことあったら言ってよ。ちゃんとぜんぶやるから」
　お、おぉ……頼もしい！

でも、榛名くんに任せて大丈夫かな……？
　けど、今わたしが頼れるのは榛名くんしかいない。
　もしかして、榛名くんが学校に行かないのって、わたしを心配してくれているから？
　思ったことを、そのまま榛名くんに聞いてみると、当たり前のように言った。
「さびしがり屋のひなを、1人残して学校に行けるわけないじゃん」
「べ、別にさびしがり屋ってわけじゃ……」
「へー、じゃあ僕がいなくてもいーの？」
　あ、あれ？　さっきまでの優しい榛名くんは、どこに行った!?
　簡単に距離を取って、わたしを置いて部屋を出ていこうとする榛名くん。
「え……ま、待って榛名くん……っ」
　熱でだるいはずなのに、とっさにベッドから起き上がって、気づいたら自ら榛名くんの背中に抱きついていた。
「え、えっと……ひ、1人にしないでほしいです……っ」
　普段1人でいるのは慣れているけど、風邪のときは誰かそばにいてくれないと不安で仕方ない。
　今、こんなわたしのそばにいてくれるのは、榛名くんしかいない。
「……バーカ」
「え？」
「最初からそーやって素直になればいーじゃん。さびしが

り屋の雛乃ちゃん？」
　こちらを振り返った顔は、それはそれはとてもイジワルそうな顔をしていまして。
「1人だとさびしいくせに」
「うぅ……」
　そして、わたしの身体をヒョイッと軽く抱っこして。
「ほら、病人はちゃんと寝ないとダメでしょ」
　元いたベッドに戻された。
　そのまま布団をかけてくれて、最後にわたしの頭をポンポンと撫でた。
「あ、ありがとう」
　あれ……なんだろう、この感じ。
　今すごい一瞬だったけど、胸がキュッてなった。
　榛名くんって見た目、力無さそうに見えるのに、わたしの身体を簡単に持ち上げていた。
　意外と力があって、昔のハルくんとは違う。
　昔あったかわいさはなくなっていて、ちゃんと1人の男の子だった。
「どーかした？」
　榛名くんが不思議そうな顔をして、こちらを見ている。
　いかん、冷静になるんだ!!
　たかが頭を撫でられて、抱っこされたくらいで、なんでこんな動揺してるの……!!
「な、なんでもない……!!　わたし、熱あるから少し寝てるね……!!」

慌てて布団を頭からかぶって、さらに中に潜る。そのまま目を閉じると、一気に睡魔が襲いかかってきた。
　そうだ……わたし病人なのに……。身体を動かしたり、喋ったりしたせいで、さっきより具合が悪くなっている気がする。
　このまま、しっかり寝よう。
　寝れば少しはよくなるはず……。
　ここでわたしの意識は途切れた。

「……ん」
　目を覚ましたら、時計はお昼の12時を過ぎていた。
　そばに榛名くんの姿はない。
　サイドテーブルには、水のペットボトルと薬の箱が置かれていた。
　おでこに手を伸ばすと、濡れた冷たいタオルがのっけられていた。
　榛名くんがやってくれたのかな……？
　すると、タイミングよく扉が開いて、榛名くんがお盆を片手に持って、部屋に入ってきた。
「あ、起きたんだ」
「うん、今ちょうど目が覚めて」
　ふわっと部屋中に広がるいい匂い。
　お盆に乗っていたのは、うどんだった。
「作ったけど食べられる？」
「た、食べられる」

よく眠ったおかげで体調も少しよくなったのか、お腹もすいた。
　大きな器に入っていたうどんを、小さいおわんにうつしてくれて、お箸(はし)と一緒に渡してくれた。
「す、すごい。玉子とじうどんだ！　榛名くんって料理できるんだね」
　てっきり料理とかできないのかと思っていたのに。
　意外な一面を見つけた。
「別にこれくらいなら作れる」
「他には何か作れるの？」
「めんどいから無理」
「えぇ……質問の答えになってないよ」
　それから、榛名くんが作ってくれたうどんをペロッと食べてしまった。
　風邪をひいているのに、食欲は落ちなかったみたい。
　ぜんぶ食べ終わったので、再び寝ようとしたわたしに、榛名くんがサイドテーブルを指さして言った。
「薬ここに置いといたから飲みなよ」
　ひぃ……薬だと？
　わたしの最大の敵だ……。
「……い、いらない！　もう調子よくなって……」
「この歳で薬も飲めないわけ？」
　ギクリ……。
「粉じゃなくて錠剤(じょうざい)だけど」
「こ、粉も嫌いだし、錠剤も嫌い……だもん」

昔から薬が大の苦手。
　粉薬は変な味がして苦手だし、錠剤は飲み込むのが苦手で嫌い。
「飲まなくても元気だもん……」
「そーやって生意気なこと言って、治ってないときあった」
「なんでそんな昔のこと覚えて……」
「ひなのことならなんでも覚えてるよ」
「っ、なにそれ」
　あぁ、もう。
　なんだ、さっきから胸が変な感じにざわざわするのは。
「飲む気ないの？」
「飲まない……絶対に飲まない！」
　そう簡単に飲んでたまるか！
　嫌いなものは嫌いなんだよ！
「ふーん、じゃあ無理やり飲ます」
　わたしが頑なに拒否をしていると、榛名くんがフッと笑った。
　……これは、とんでもないことを企んでいるときの表情だ！
　榛名くんは、わたしがいるベッドに身を乗り出してきた。
　しかもペットボトルを片手に、錠剤を持って、迫ってくるではありませんか。
　まさか力ずくで飲ますつもりなの……!?
「力ずくなんて卑怯だよ……!!」
「力ずくなんて、そんな手荒なことしないよ」

「え……?」
「口移しで飲ますだけだから」
　ちょ、ちょっとこの人、なに言ってるのかな!?　そっちのほうが大問題ですけど!!
「な、なに言ってるの、本気!?」
「じょーだんで言うと思う?」
　そこは冗談だよって言ってくれたほうが、ありがたいんですけど!!
「病人相手にバカなことやめてよ……!!」
「だったらおとなしく飲めば?」
「うっ、や、それは……」
「やっぱ飲ませてほしーんだ?」
「ち、違う!!」
　誰が飲ませてくださいなんて言った!?　こんなこと平気で言ってくるなんて、どうかしてる……!
「ほら、口開けなよ」
「なっ……」
　ニヤッと不敵に笑いながら、さらに榛名くんが迫ってきたときだった。
　──ピコッピコッ!!
　ベッドの枕元に置いてあった、わたしのスマホが音を鳴らした。
　すぐにスマホに手を伸ばして、なんとか危機から救われた気分。
　ホッとしたわたしに対して、榛名くんはすごい不満そう

な顔をして、薬とペットボトルをサイドテーブルに置いた。
　だけど、ベッドの上からはどいてくれない。
　スマホの音が鳴りやまないので、電話っぽい。
　誰か確認せず、応答のボタンを押した。
「もしもし？」
　スマホを耳元に持っていき、相手の反応を待つ。
　数秒後。
『あ、先輩ですか？』
　聞き覚えのある、落ち着いた声が電話越しに聞こえた。
「か、楓くん……？」
『そうですよ』
　なんてタイミングだ。
　今、わたしのそばには、榛名くんがいるっていうのに。
「あ……えっと、どうかした？　電話くれるなんて珍しいよね」
　平静を装って、いつもどおり話せばいいんだ。
　何も動揺することはない。
　ただ、榛名くんのほうを見ることはできなくて、電話の声がなるべく聞こえないように背中を向けて話す。
『どうかしたじゃないですよ。野上先輩に聞きましたよ。風邪ひいたんですか？』
「あ、あぁ……！　うん、ちょっと熱が出ちゃって。今はもう元気だよ」
『ほんとですか？　無理して元気とか言ってたら怒りますよ？』

電話越しに楓くん、すぐそばに榛名くんがいるという状況に、変な汗が出てくる。
　榛名くんは楓くんのことを、あまりよく思っていない。
　だから、何をしてくるかわからない。
　嫌な予感しかしない。
　とりあえず、この電話を早いところ切らないと……。
「……ひぇ!?　ちょっ!!」
『先輩？』
　嫌な予感は見事に的中。
　背中を向けていたせいと、電話に集中していたせいで、近づいてくる気配を感じなかった。
　榛名くんが、いきなり後ろから抱きしめてきたせいで、思わず声が出てしまった。
　隙間なく、すっぽり後ろからわたしの身体を包み込んでくる。
　そして、この状況を楽しむかのように、スマホをあてる耳とは逆のほうの耳のそばで。
「……また楓くんと絡（から）んでんの？　悪い子だね」
　フッと息がかかって、くすぐったい。
　声を出して、やめてと言いたいけど、電話越しに楓くんが聞いていると思うと、声を出すことができない。
『先輩、大丈夫ですか？　何かあったんですか？　もしよかったら今から行きましょうか？』
「っ！　だ、大丈夫!!　ちょ、ちょっと、おでこに冷却シート貼（は）ろうとしたら思った以上に冷たくて」

苦し紛れの言い訳を、耳元でクスクス笑う声が聞こえる。
「……ひなの嘘つき」
「だ、だから喋らないで!!」
　はっ、しまったぁ……!!
　つい、榛名くんの言葉に反応してしまった。
『あ……、俺、迷惑でしたか？』
　な、なんてこった。
　今のは楓くんに向けて言ったわけじゃないのに。
「ち、違うの！　えっと、これは……」
　もう、榛名くんのバカ……!!
『もしかして……誰かと一緒にいますか？』
　どひぃぃ!!　楓くんの勘のよさが、いつもより優れているように感じるよ!?
「な、なに言ってるの、1人にきまって……」
　まだ喋っている途中だったのに、わたしの手からスマホが取り上げられた。
　もちろん、榛名くんの手によって。
　声を出したいけど次、変なことを口走ったら、大変なことになるのはわかっている。
　だから、目で榛名くんにスマホを返してと訴えかける。
『もしもし、先輩？』
　返して、と口パクで声を出さないように伝えているのに、まったく聞いてくれない。
　榛名くんは、いったい何をするつもり……。
　すると、通話中のわたしのスマホを自分の耳元に持って

いき。
「ひなに手出したら許さないよ」
　目が飛び出るかと思った。
　いや、もう飛び出てる。
　この人、自分がなに言っちゃってるかわかってる？
『……は？』
「んじゃ、そーゆーことで」
　一方的にブツリと電話を切った。
　な、なんてことをしてくれたんだ。
　これじゃ楓くんにますます怪しまれて、同居のことがバレるかもしれないじゃん……！
「は、榛名くん!!　なんでそんな勝手なことするの！　楓くんに変な誤解されたらどうす……」
「ひなはさー、別に楓くんってヤツが好きなわけじゃないでしょ？」
「そ、それは今カンケーないでしょ！」
「カンケーあるよ。好きなわけ？」
　な、なんでそんな真剣な顔をして聞いてくるの？
「す、好きだよ」
「それって男として？」
「ち、違う……。後輩として、いい子だから変なふうに誤解されたくないの」
「ふーん？　じゃあ、男としてはまったく見てないってことだね」
　今まで手に持っていたわたしのスマホを、ポンッとベッ

ドの上に投げてきた。
「だったらいーじゃん。誤解させとけば」
「な、なにそれ。意味わかんないよ」
　榛名くんは楓くんのことが絡むと、強気で突っかかってくる。
　何が気に入らないのか、わたしにはわからない。
「いいよ、意味わかんなくて。どーせ、バカひなにはわかんないことだろーし」
　ほら、またそうやってムキになるんだから。
　そして、わたしを部屋に1人残して、どこかへ行ってしまった。
　なにさ、バカひなって……。
　そうやって、ムキになる子どもっぽいところ直せばいいのに。
「榛名くんのバカッ……」
　って、こんなことを言っているわたしも同じように子どもか。
　ため息が漏れそうになったとき。ふと、さっきまで飲まされそうになった薬が目に留まった。
　あれ……この薬って家にあったっけ？
　たしか、少し前にお母さんが風邪薬を切らしているって言っていた。それから家族の誰も風邪をひかなくて、薬は買っていなかったはず。
　それなのになんで……。
　あ、榛名くんが買ってきてくれたのか……。

風邪をひいているわたしのために。
　薬局は家から遠いし、わたしなんかのために、わざわざ買いに行くの面倒だっただろうに。
　なんだか申し訳ない気持ちになって、薬が入った箱を手に取って、錠剤を水で流し込んだ。
「はぁ……もう2度と飲むもんか……」
　風邪ひかないようにしないと。
　とりあえず熱を測るために、自分の部屋を出てリビングへ向かった。
　しっかり寝て、ごはんも食べたおかげで、だいぶ調子はよくなってきていた。
　リビングの扉を開けると、シーンと静まり返っていた。
　榛名くんは……出かけたのかな、それとも自分の部屋にいるだけ？
　あぁ、もう。
　別に榛名くんのことなんか、気にしなくていいじゃん。
「さっさと熱測って……。あ、しまった。家事全然やってない」
　朝やろうと思っていた家事を、すべて疎かにしていたことに今さら気づいた。
　仕方ない……今から少しやるか。
　とりあえず、キッチンの隅に置きっぱなしのゴミは来週出して、食器を片づけないと……。
「え……なんで」
　キッチンに来て驚いた。

昨日の夜、翌朝に出そうと準備していたゴミ袋たちは、なくなっていた。
　残念ながら、今朝のわたしはフラフラで、ゴミ出しに行ける元気はなかった。
　なのにどうして……。
　シンクも昨日の食器がたまっていたのに、それが綺麗に洗ってあった。
　まさか……榛名くんが？
　わたし何も言ってないし、お願いもしていなかったのに。
　それから、洗濯物もきちんと干してあって、
　わたしの分の洗濯物は、分けてくれていた。
　お風呂だって、きちんと掃除されていた。
「なんだ……ぜんぶやってくれたんだ」
　絶対面倒くさがって、やらないと思っていたのに。
　けど、何も言ってこなかったよね。
　家事やっといたって。
　榛名くんのことだから、やったんだから褒めてよとか、平気で言ってきそうなのに。
　わたしのごはんまで用意してくれて、薬も買ってきてくれたし。
　朝だって、本気でわたしの体調のことを心配してくれて、気遣ってくれていた。
　いつもとは違う一面を知れたかもしれない。
「……ちょっとは優しいところあるんだ」
　さっきは、言い合いしちゃったけど、あとでちゃんとお

礼言わないと。
　榛名くんは、もしかしたら、ちょっぴり優しいのかもしれない。

いないとさびしかったり。

　榛名くんと同居してから、早くも１か月くらいが過ぎて、梅雨(つゆ)に突入した。

　これまで一緒に生活をしてきて、わたしと榛名くんの間で、今のところ目立った問題は起こっていない……はず。

　わたしが風邪で倒れたことをきっかけに、榛名くんは「ひなの負担を減らすために」と、家事を少し手伝ってくれている。

　ゴミ出しとか、お風呂掃除とか。

　学校でモテるイケメン榛名くんが、朝眠そうな顔をしてゴミ袋を持っている姿を、誰が想像できるだろう？

　一緒に住み始めてから、ようやく生活が落ち着いてきたような気がする。

　今は、晩ごはんを食べ終えて、２人でソファに座って、くつろぎながらテレビを見ている。

　だいたい晩ごはんを食べたあとは、２人でこうやって過ごすことが多い。

　ソファに並んで座っているけど、わたしと榛名くんの間は、人が２人入れそうなくらい開いている。

　テレビのチャンネルは、ゴールデンタイムにやっているバラエティ番組。

　すごく面白いし、笑いたいところなんだけど……。

　チラッと横目で榛名くんを見ると、クッションを抱えて、

つまらなさそうな顔をしている。
　そんな中、1人で大爆笑するわけにもいかなくて、笑いをこらえるのに必死。
　わたしの笑いのツボが浅いのか、それとも榛名くんの笑いのツボがおかしいのかはわからない。
　そういえば、榛名くんって面白いものを見て笑ったりするのかな？　あんまりゲラゲラ笑っているところは見たことないような。
　何か企んでいるときに、イジワルそうに、ニヤッと笑うことはあるけど。
　いや、でも榛名くんがいきなりゲラゲラ笑いだしたら、それはそれで怖いか。
　バラエティを見ても笑わないし、ドラマで感動するシーンがあっても泣かないのが榛名くん。
　たぶん、興味とか関心がないんだろうなぁ。
「ねー、ひな」
　急に榛名くんのほうから話しかけてきた。
「どうかしたの？」
「さっきからなんで変な顔してるの？」
「は……？」
　え、わたしいつ変な顔した!?
　普通にテレビ見てたんですけど！
「さっきから変な顔してる」
「なっ、失礼な！　普通がこの顔なんですけど！」
　面と向かって変な顔って言うなんて、失礼すぎ！

あ、でも待てよ。
　笑いをこらえるのに必死で、もしかしたら変な顔をしていたかもしれない。
　いや、でもそんなストレートに、変な顔って言わなくてもいいよね？
「ひなの変顔って貴重だから、もっかいやって」
「はい？」
「写真撮ってスマホのロック画面にして笑いたい」
「は、はぁ!?」
　ロック画面にするのも問題だけど、笑いたいっていうのはどうなの!?
「さっきの変顔、面白すぎてツボにはまった」
　なんだか、ますます榛名くんの笑いのツボがわからなくなってきた。
「もう、ふざけないで！」
　わたしがそう言うと、クッションの陰からスマホのカメラをこちらに向けてくる榛名くん。
「ちょっと、何してるの！」
「隠し撮り」
「はぁ!?」
　ダメだ、わたしじゃ手に負えない……。
　すると、タイミングよくお風呂のほうから軽快な音楽が流れてきた。
　どうやら、お風呂が沸いたみたい。
「ほら、榛名くん！　お風呂沸いたから、ふざけたことし

てないで先に入ってきて!」
「やだ。お風呂嫌い、めんどい」
　お風呂の話をした途端(とたん)、急におとなしくなって、クッションを抱えたまま、動こうとしない榛名くん。
「じゃあ、わたしが先に入ってもいい?」
　これじゃ、らちが明かないと思って、ソファから立ち上がって、お風呂に行こうとした。その直後、榛名くんがわたしの服の裾をチョンとつまんだ。
「ひなが入るなら入る」
「は……?」
　ええ、さっきまで嫌がってたじゃん!
　どっちなの?
「え、じゃあ榛名くん先にどうぞ?」
「バーカ、ひなが一緒じゃないと嫌だって言ってんの」
「は……はい!?」
　えぇぇ……!　この人なんなの!?
　一緒にお風呂なんて無理に決まってるでしょ!
　常識的にありえないから!!
「ひなが一緒なら入ってあげる」
　いや、なぜそんなに偉(えら)そうなのかな!?
「な、なに言ってるの!!　恋人同士でもないのに、一緒に入れるわけないでしょ!!」
「んじゃ、今から僕とひなは恋人同士ね」
　うーーん、話がまったく通じない!!
　これじゃ、幼稚園児と会話しているレベルと変わらない。

「ふ、ふざけないで！　これ以上ふざけたら怒るよ！」
「もう怒ってんじゃん。ひなのケチ」
　ケチって……おかしいでしょ！　なんで正論を言ってるわたしが、ケチ呼ばわりされるの！
　ムキーッと怒っているわたしをスルーして、あっさりお風呂に行った榛名くん。
　な、なんなんだ、まったく。
　榛名くんが常識外れのことばかり言ってくるから、自分の常識が正しいのかすら、わからなくなってきた。
　とほほ……。こんな状態で、あと５か月わたしは無事に過ごせるんだろうか。
　はぁ、とため息をつきそうになったら、またしても事件が起こった。
「ひーな」
　ガチャッとリビングの扉を榛名くんが開けた。
　お、おかしい……。
　今さっき、お風呂に向かったはずなのに、まさかもう出てきたわけがない。
　い、嫌な予感がする……。
　恐る恐る、扉のほうを見たら、嫌な予感的中……。
「きゃぁぁぁ!!　な、なんで服着てないの!?」
　そこには、上半身裸の榛名くんがいた。
　叫びながら、慌てて自分の手で自分の顔を隠す。
　慌てるわたしにおかまいなしで、榛名くんはズンズン近づいてくる。

「ちょ、ちょっ!!」
　逃げるように部屋を走り回るわたしを、追いかけてくる榛名くん。
　そして目の前に来ると、いきなり、わたしの顔の前にボトルを見せてきた。
「シャンプーない」
「……へ？」
　顔を覆っていた手を少しどけると、シャンプーのボトルを手に持っている榛名くん。
「これじゃ頭洗えない」
「え、あっ、えっと、シャンプーの替えは、洗濯機の横の棚に入ってるから……!!」
　とりあえず目のやり場に困るので、目の前のシャンプーのボトルにひたすら視点を合わせる。
「ねー、ひな？」
「な、なに！」
「なんで僕のほう見ないの？」
　み、見れるわけないじゃん!!
　今の自分の格好、わかって言ってるの!?
　お願いだから、何も言わずに、わたしの前から去っていって……!!
「もしかして……僕のこと意識してる？」
「なっ、ち、違う!!　いいから、早くお風呂行って……!!」
　榛名くんをリビングから追い払うのに必死。
　なんでわたしばっかりが、こんなに慌てないといけない

んだ……。
「ひなって男に免疫ないよね」
　そりゃ……この歳で彼氏とかいたことないし。
　免疫がないといえばないかもしれない。
「反応がサルみたいだし」
「は……？　サ、サル……サル!?」
　もううう!!
　反応がサルってなに!?
　うるさいって言いたいわけ!?
「一生彼氏できなそー」
「なっ!!　榛名くんにそんなこと言われる筋合い、ないんですけど!!」
　余計なお世話だっての！
　なにさ、わたしだってこれから、彼氏の１人や２人くらいできる……気がしない。
「もらい手なかったら、僕がもらってあげる」
「結構です！　榛名くんだけはありえない！」
　誰がサル呼ばわりしてくる人を選ぶもんか！
「へー、けっこー言うね」
「そ、そんな格好してたら風邪ひくでしょ……！　だから早くお風呂に行って！」
　目の前にいる榛名くんを無理やり押し返して、リビングを勢いよく出て、自分の部屋に駆け込んだ。
　——バタンッ!!
　部屋の扉を思いっきり閉めた。

「はぁぁぁ……もうなんなの!!」
　榛名くんは、たまに……いや、いつもわけのわからないことを平気で言ってきたりするから、相手にするのがとても大変。
　そのまま力なくドサッとベッドに倒れた。
　あんなに慌てていた自分がバカみたい。
　慌てるわたしとは対照的に、榛名くんはとても落ち着いていた。
　くぅぅ……男の子の裸を見たくらいであんな反応してしまうなんて、今さらになって恥ずかしくなってきた。
　こうして、夜のドタバタは終わり……。
　そして迎えた翌朝。
　昨日のことは、まるで何もなかったかのように、2人でテーブルに並んだ朝ごはんを食べる。
　わたしも昨日、あれだけギャーギャー騒いでいたけど、寝たら忘れるタイプだから、翌日けろっとしていることが多い。
　これがいいことなのか、悪いことなのかは、いまだによくわからない。
　わたしが座る正面に、テーブルを挟んで榛名くんが座っている。
　ちなみに今日の朝ごはんのメニューは、目玉焼きにベーコンを焼いて、ウインナーとサラダとパン。
「…………」
「…………」

朝ごはんのときは無言が多い。
　一緒に住んでわかったことは、榛名くんは朝のテンションがめちゃくちゃ低い。
　普段からそんなに高くないけど、朝はとくに。
　今も眠そうな顔をして、黙々とごはんを食べている。すると、榛名くんの視線が、ごはんからわたしに移って、バッチリ目が合った。
　かと思えば、榛名くんの視線は、わたしのお皿にのっているウインナーに向いていた。
　す、すごい見てる……！
　これはもしかして狙われてる……！？
　榛名くんのお皿を見ると、何も残っていない。
「は、榛名くん？」
「あ、なにあれ。すごい」
　突然、外のほうを指さして、榛名くんが窓の外を見た。
　それにつられて、わたしも外に視線を向ける。
　だけど、外を見ても、今朝わたしが干した洗濯物たちが、風で揺れているのが見えただけ。
　すごいというほど、珍しいものは何もなかった。
　え、いったい何がすごいの？
　外に向けていた視線を榛名くんに戻すと、何やら口をもぐもぐ動かしながら、満足そうな表情をしていた。
　はっ、まさか……！！
　すぐに視線を自分のお皿に戻すと、さっきまで残してあったはずのウインナーが、見事になくなっていた。

「榛名くん!!　わたしのウインナー食べたでしょ!?」
「知らない」
「とぼけないで！　その口に入ってるのは何！」
「ひなの皿に落ちてたウインナー」
　皿に落ちてたって……。
　最後の楽しみに取っておいたんですけど！
「もう！　人のおかず勝手に食べないでよ！」
　すると、榛名くんがわたしを無視して立ち上がった。
　どこに行くのかと思えば、冷蔵庫に向かって、飲み物を取り出し、コップに注いでいる。
　それをこちらに持ってきて、わたしの前にコトンッと置いた。
　……コップの中身はおそらく牛乳だ。
「イライラにはカルシウムがいいよ」
「だ、誰のせいだと思ってんの!!」
　わたしはコップの牛乳を一気に飲み干してやった。

「はぁぁぁ……もう昨日の夜からクタクタだよぉ……!!」
「あははっ、お疲れお疲れ」
　あれからすぐに家を出たわたしは、学校に登校してくるなり、杏奈に昨日と今朝あったことを話した。
　朝からギャーギャー騒いだせいで、すでに疲れてしまったわたしは、机にペシャンと顔をつけている。
「けどさー、雛乃の話聞いてると、なんだかんだ楽しそうじゃん？」

「楽しくない楽しくない!!　1人のほうがずっと楽だし!」
「えー、とか言ってるけど、いないとさびしかったりするもんだよ?」
「そんなことないよ!」
　むしろ、1日くらい家を空けてくれてもいいと思ってしまう。
　たまには、1人で静かにゆっくり過ごしてみたいものだ。
「普段一緒にいる相手って、いなくなって初めてさびしく感じたり、物足りなく感じるものだからねぇ」
　榛名くんはいつも、学校が終わると速攻家に帰ってくる。
　休みの日はほとんど家にいるし。
　わたしも家にいることが多いから、学校にいるとき以外は、ほぼ一緒にいるような気がする。
「まあ、雛乃がどうしても榛名くんのこと嫌で、どうしようもなくなったら、ウチにでもおいでよ。数日くらいなら泊めてあげられるからさ?」
「うぅ、あんな〜!!　ありがとう……!」
　タイミングよくチャイムが鳴り、杏奈は自分の席に戻り、ホームルームが始まった。
　ちなみに、わたしの席は窓側のいちばん前。
　席替えで、この席を引き当てたときは最悪って思ったけど、端っこの前も悪くない。
　意外と先生たちの死角だったりするし。
　ホームルームで先生が話をしている中、窓の外を見ながらボーッと過ごしていた。

ふと、さっきまで杏奈と話していたことを思い出した。
　もし、榛名くんがいないとさびしかったりするのかな。
　ここ1か月、榛名くんのおかげかわからないけど、さびしいとかそういう気持ちになったことはない。
　いきなり両親と離れて、不安な気持ちもあったし、榛名くんと一緒に住むなんて想像もしていなくて、やっていけるか心配だった。
　けど、榛名くんと一緒に住んで、生活していくうちに、気づいたら心配や不安という気持ちはなくなっていた。
　榛名くんは、自由人だし、失礼だし、自分勝手な部分が多い。
　だから、すごく意外だなって思うことがある。
　それは、いつも食事を一緒にとってくれること。
　朝ごはんも、晩ごはんも。
　昼はクラスも違うし、一緒にいるところを見られるのはまずいから無理だけど。
　当たり前のことかもしれないけど、榛名くんって、そういうところとか雑そうに見えるし。
　ごはんとか一緒に食べなくてもよくない？みたいな。
　別に、必ずごはんは一緒に食べましょうみたいな決まりは作っていないけど、自然とそういうふうになっていた。
　1人で食べるより、2人で食べたほうが気持ち的に落ち着くんだよなぁ。たとえ会話がなくても。
　朝わたしが早いときも、眠いって文句を言いながらも、一緒に食べてくれたり。

わたしが用事があって帰りが遅くなったとき。
　遅くなるという連絡を入れるのを忘れていたので、てっきり、もう晩ごはんをすませていたかと思っていた。だけど、わたしの帰りを待って、何も食べないでいてくれた。
　このときは、榛名くんが晩ごはんを用意してくれていた。
　もしかしたら、わたしがさびしい思いをしないようにしてくれているとか……？　なんて、それはないかな。
　そんなことを考えていたら、ホームルームが終わり、授業が始まった。

　そして、1日の授業がすべて終わり、迎えた放課後。
　何も予定がないわたしは、とりあえずスーパーに寄って、買い物をして家に帰った。
　——ガチャッ。
　玄関の鍵を開けて中に入ると、シーンと静まり返っていた。
　だいたい、いつも榛名くんのほうが先に帰ってきていて、玄関に榛名くんのローファーがあるはずだけど、今日はなかった。
　買ってきたスーパーの袋を、リビングのテーブルの上に置き、スマホを見た。
　何か用事があったのかもしれないと、榛名くんからの連絡を確認したけど、何もなかった。
　たまたま遅いだけ……か。
　そりゃ、榛名くんにだって、予定の1つや2つあるよね。

そう考えて、買ってきたものを冷蔵庫にしまい、洗濯物を取り込んだり、家事をしてから自分の部屋で着替えをすませた。
　時刻は午後の5時を過ぎようとしていた。
　いまだに榛名くんから連絡はなく、帰ってきていない。
　とりあえず、晩ごはんの支度をしなくてはいけないので、キッチンに向かい、献立を考える。
　今日はスーパーで牛肉が安かったので、それを使った肉じゃがにでもしよう。
　そう決めて、肉じゃが作りに取りかかった。

　あれから1時間くらいが過ぎた。
　晩ごはんの準備はすべて終わって、今はリビングのソファに寝転んで、榛名くんの帰りを待っている。
　さっきからスマホを気にして、チェックしているけど、榛名くんから連絡は来ない。
　いっそのこと、こっちから連絡してもいいのかな？
　いや、でもなぁ……。
　うーん……。
　いろいろ考えて、もう少し待つことにした。
　1人でポツーンといるリビングは静かで、無駄に広く感じる。
　1人なんて慣れているはずだと思っていたのに。
　誰もいない、この妙に静かな空間が嫌で、テレビをつけてみた。

身体を起こし、クッションを抱えながら、チャンネルボタンをいじる。だけど、時間帯的に、どこのチャンネルもニュース番組ばかり。
　面白くないので消そうかと思ったけど、何も音がないのが嫌なので、テレビをつけたまま、スマホのゲームでもすることにした。

「はぁ……。まだ30分しか経ってない」
　ゲームをして時間をつぶせると思ったのに、時間の経過がいつもよりとても遅く感じる。
　とりあえずお風呂に入って、やっと外が暗くなる時間帯になった。
　ずっとつけたままにしていたテレビは、ニュース番組からいつも見ているバラエティ番組に変わっていた。
　時間つぶしに見るけど、1人で見てもあまり面白く感じない。
　おかしいな……。1人でいるのって、こんなにつまらないものなんだ。
　結局、夜の9時を過ぎても、榛名くんは帰ってこないので、1人で遅めの晩ごはんをすませた。
　美味しくできたはずの肉じゃがも、あまり味がしない。
　1人で食べるごはんは、こんなにも美味しくないんだ。
　いつも榛名くんと食べるときは、そんなに会話はしないけれど、いるのと、いないのとだと、こんなにも違うんだ。
　今朝は強がって、いないほうがいいだなんて言ってし

まったけれど。
　杏奈の言っていたとおりだ。いなかったらいなかったで、とてもさびしく感じる。
　なんだかんだ、榛名くんとの同居生活に慣れている自分がいた。
　榛名くんがいつも一緒にいてくれることは、当たり前のことじゃない。
　とにかく時間が早く過ぎてほしくて、ソファでゴロゴロして時間が過ぎるのを待つ。
　そして、時刻は夜の11時を過ぎた。
　さすがに遅すぎると思い、何かあったのかもしれないと心配する気持ちが増してきて、連絡を取ろうとしたときだった。
　玄関のほうからガタッと音がした。
　……たぶん榛名くんだ。
　ソファから飛び起きて、急いで玄関に向かうと、ちょうど榛名くんが靴を脱いで、部屋に上がろうとしていたところだった。
「……まだ起きてたんだ」
　わたしを見るなり、そう言った。
「ただいま」とか、「遅くなってごめん」とか、「連絡しなくてごめん」とか、自分が求めていた言葉はなかった。
　榛名くんの顔は何やら疲れていた。
　そして、スッとわたしの横をすり抜けたとき。
「っ……」

ふわっと、甘くどい、きつい……大人っぽい香水の匂いがした。
　ドクッと、心臓が変な音を立てた。
　いつもの榛名くんの匂いじゃない。
　甘すぎて、くどいくらいのこの匂いは、わたしの大嫌いなものだ。
「いつまでそこで突っ立ってんの？」
　ずっと玄関のところで突っ立ったままのわたしに、榛名くんが声をかけてきて、ハッと我に返った。
　「どこに行ってたの？」とか、「誰と一緒だったの？」とか、頭の中に浮かぶのは、そんなことばかり。
　けど、その言葉たちは喉(のど)の奥で詰まって、出てこない。
　変なの……。
　どうして、こんなにモヤモヤしているの……？
　何かわからない気持ちの正体に戸惑(とまど)いながら、自分の部屋着の裾をギュッと握った。
　榛名くんは自分の部屋には行かず、いったんリビングに入っていったので、そのあとについていく。
　中に入るとソファにカバンを置いて、冷蔵庫に向かい、お茶の入ったペットボトルを手にして飲んでいた。
　わたしはリビングの入り口に立ったまま、その様子を見ているだけ。
「あ、これって肉じゃが？」
「へ……？」
　ペットボトルのお茶を飲みながら、榛名くんがキッチン

でそう言った。
　わたしもキッチンに行くと、榛名くんが肉じゃがが入った鍋を指さしていた。
　2人分作っていたので、榛名くんが食べる分くらいは、まだ鍋に残っている。
「もしかして今日の晩ごはん？」
「え、あ、うん」
「ふーん。これ食べていい？」
　わたしが答える前に、食器棚の引き出しから箸を出して、口にしていた。
「晩ごはん……食べてきたんじゃないの？」
　わたしがそう聞くと、榛名くんは箸を止めずに答えた。
「んー、軽く食べただけ」
「そ、そっか」
　やっぱり、心のどこかで気になってしまうのは、こんな遅くまで誰と一緒だったのか。
　さっきの甘い香水の匂いが、鼻に残ったまま消えない。
「ひなは食べた？」
「……うん、1人で食べたよ」
　そのまま、会話は途切れてしまった。
　鍋に残っていた肉じゃがは、榛名くんが食べきった。
　すると、榛名くんがわたしのほうに近づいてきて、ひょこっと顔を覗き込んできた。
「っ……な、なに？」
　思わず身体を後ろに下げてしまった。

甘くどい匂いが、鼻をかすめるたびに、なぜか胸が苦しくなる。
「さびしかった？」
「……え？」
「なんかさびしそーな顔してたから」
「っ……」
　なんだ……わたしそんな顔していたんだ。
　自分じゃ気づいていなかった。
　何も言い返す言葉が見つからなくて、黙り込んでしまう。
「ひな？」
「や、やめて……っ。それ以上近づいてこないで」
　変なの、さっきから胸のあたりがざわざわしておかしい。
「も、もう遅いから寝るね……！」
　逃げるように榛名くんの前から去って、自分の部屋に行って、扉をバタンッと閉めた。
　閉めた扉にもたれかかったまま、その場にペシャンと座り込んだ。
　なんだこれ……。
　今朝は榛名くんと普通に話せていたのに、今は普通どころか、不自然だらけ。
　榛名くんと話すのに、こんなに言葉が詰まったのは、今日が初めてかもしれない。
　結局、榛名くんには何も聞けなかった。
　いや、聞きたくなかった……のかもしれない。
　聞いてしまったら、その答えに苦しめられるような気が

したから。
　なんだろう、たぶん……。
　あの甘い香水の匂いは……女の人のものだ。
　別に榛名くんが女の人と一緒にいたって、わたしには関係ないはずなのに……。
　さっきから、わけのわからないモヤモヤに襲われて、気持ちが晴れない。
　自分でもよくわからない感情を抱えたまま、その日は眠りについた。

楓くんにバレました。

　翌日、早く起きたわたしは、榛名くんの顔を見ずに学校に向かった。
　顔を合わせたくなくて、作った朝ごはんをテーブルに置いて、逃げてきてしまった。
　寝たら忘れる性格だから、昨日のモヤモヤは消えていると思ったのに、残っていた。
　結局、そのモヤモヤを抱えたまま、あっという間に午前の授業は終わってしまい、お昼休みになっていた。
　いつもどおり、杏奈とわたしの席でお昼を食べる。
　そうだ。これがなんなのか、杏奈に聞いてみるのもいいかもしれない。
「あ、あのね杏奈」
「んー？」
　杏奈は、お昼に購買で買ってきたサンドイッチを食べながら、わたしのほうを見た。
「ちょっと教えてほしいことがあって」
「ん？　どうしたの？」
　昨日の出来事を、杏奈にすべて話すことにした。
　わたしが話しているとき、杏奈は相づちを打ったり、うなずくだけ。
　すべて話し終えると、杏奈は真剣そうな顔から一変して、あははっと笑っていた。

え、ええ……なんで笑うの？
わたし笑えるような話をしたつもりないのに。
「え、ちょっ、杏奈？　なんで笑うの！」
「いやいや、だってさー、あははっ」
　よほどおかしいのか、笑いが止まらない様子の杏奈さん。
「ええ、なんでそんな笑うのぉ……！」
　こっちは真剣に相談してるのに。
「いやー、雛乃にもそういう気持ちが芽生えたのかーっていう感動と、それに気づいていない鈍感さに笑いが止まんないの～」
「ええ、何それ！わかるように教えてよぉ……！」
「まあ、今話してくれたことを簡単にまとめると、雛乃は榛名くんがいないとさびしかったわけで。帰ってきたら、榛名くんから女物の香水の匂いがしてモヤモヤしたと」
「うんうん」
　まさに杏奈さんが言っているとおりですよ。
　すると、杏奈はさらっと、とんでもないことを口にする。
「いやー、それは雛乃が榛名くんのことを好きになってるってことじゃないのー？」
「……は？」
　え……？
　いや、ちょ、ちょっと待った。
　杏奈の言っていることが理解できないんですけど……!!
「人はね、好きな人ができると、その人のそばにいたかったり、そばにいないとさびしい気持ちになったりするんだ

よ。モヤモヤするのも、それはヤキモチじゃない？」
　う、嘘だ……っ!!
　わたしが榛名くんを好き……!?
　あ、ありえない、ありえない!!
　あんなデリカシーのかけらもない、ファーストキス泥棒を好きになるわけない……！
「自分の気持ちには、正直になったほうがいいんじゃない？　強がってばかりだといいことないよ？」
「つ、強がってなんかない！」
「まあ、自分が好きって自覚しないと意味ないからねー。雛乃は榛名くんのことが好きではないんだ？」
「……う、うん」
「あれ〜？　今、一瞬だけ間があったような気がするけどな〜」
「な、ないない！」
　そもそも、恋なんてものをほとんどしてこなかったわたしが、人を好きになったとき、どうなるかなんて想像がつかない。
「ふーん？　まあ、わたしは雛乃の味方だからさ？　悩んだら相談してよ。話くらいは聞いてあげられるから」
「う、うん。ありがとう」
　こうして、お昼休みは終わった。
　午後の授業中、わたしの頭の中では、杏奈に言われたことでいっぱいになっていた。
　わたしが榛名くんを好き……？

いや、そんなまさか。
　マイペースだし、デリカシーないし。
　ワガママで、子どもみたいだし。
　わたしのことからかったり、バカにしてきたり。
　考え出したら悪いところばかり出てくる。
　だけど……昔と変わらず心配性なところもあって、優しいところもあったりする。
　あぁ、もうなんだこれ。
　ごちゃごちゃしてきた。
　頭の中が榛名くんでいっぱいだ。
「あぁ、もうー!!」
　突然、声を上げてしまった。
　そして、ハッと我に返る。
　クラス全員と、教卓の前で授業をしている先生の視線が、一気にわたしのほうに向いた。
　し、しまったぁ……。
　今は授業中だった……。
「成瀬さん？　どうかしたのかしら？」
　先生が不思議そうな顔をして、わたしのほうを見ていた。
「い、いえ。何もないです。すみません」
　はぁぁ、恥ずかしい。
　何もないヤツが、授業中にいきなり声をあげるかよって、内心自分にツッコミを入れた。

　——放課後。

「ねぇ、雛乃?」
「なぁに?」
　帰る準備をしていたら、杏奈がわたしの席にやってきた。
「そういえば言い忘れてたんだけど。あの後輩くん……立川くんだっけ? 大丈夫だった?」
　杏奈の口から楓くんの名前が出てきて、ドキリとした。
　じつは風邪をひいたあの日以来、楓くんとは会って直接話してはいない。
　榛名くんが勝手に、楓くんとの電話に出てしまった。
　もしかしたら、勘のいい楓くんのことだから、何か気づいてしまったのではないか。そう思うと、なかなか顔を合わすことができない。
　学年が違うおかげで、学校で会うことは滅多にない。
　だけど、わたしの風邪の具合を心配してくれて、ちょくちょくメッセージのやり取りはしていた。
　メッセージのやり取りで、何か聞かれたりはしなかったけど……。
　でも、直接顔を合わせたら、あの電話のことを聞かれるに違いない……。
「だいぶ前だけど、雛乃が風邪で休んだ日あったじゃん? その日、たまたま立川くんとお昼休みに会ってさ。雛乃が風邪で休んでるって言ったら、すごい心配していたんだよねー」
　そういえば……電話をもらったとき、杏奈から風邪ひいたことを聞いたって言っていたような。

「あ、うん。大丈夫。電話くれて、体調よくなったこともメッセージで伝えてあるから」
「ふーん、そっか。いやー、ほんといい子だよね、立川くんって。立川くんとかどうなの？ 彼氏候補にはならないの？」
「どうなのって……。そもそもわたしと楓くんは、杏奈が考えているような関係じゃないもん」
「そう思ってるのは雛乃だけかもよ？ あの子、絶対雛乃に気あると思うけどね」
　そんなまさか。
　中学からずっと一緒だけど、そんな素振りを見せられたことないもん。
「それはないと思うよ。だって前、楓くんの家で勉強教えてもらったときに一緒に帰ったんだけど、そのときに好きな人いるって言ってたもん」
　楓くんは嘘をつくような子じゃないから、好きな人がいることは、ほんとだと思う。
「へぇ、勉強したの、立川くんの家でなんだ？ 普通、好きでもない相手にそこまでしないと思うけどねー」
　加えて「その好きな人が雛乃だったりして」なんて言われてしまった。
　杏奈とそんな会話をしていたら。
「おーい、成瀬！ ちょっといいか」
　廊下のほうからわたしの名前を呼ぶ声がして、振り返ってみると、図書委員担当の原田先生がいた。
「なんですか？」と、用件を聞くため席を離れ、先生が

いるほうへ。
「お前、今日ひまだよな？」
「はい？　え、もしかして仕事ですか？」
「おぉ、勘が鋭いな。そうだ、仕事だ」
「あぁぁぁ!!　先生、わたし今から用事が……」
「成瀬……お前は嘘をつくのがとことん下手なんだな。そんなくさい芝居(しばい)なら誰もだませんぞ？」
　く、くそぉ……！
　委員会でもない日に仕事なんて勘弁(かんべん)なんですけど!!
「先生、なんで委員会じゃない日に、仕事頼みに来るんですかぁ……」
「まあそう言うな。お前が可愛がってる後輩の立川は、快く(こころよ)引き受けてくれたぞ？」
「え、楓くん……じゃなかった、立川くんは引き受けたんですか？」
「あぁ。みんな嫌がって引き受けない中、立川は引き受けてくれたんだよ」
　なんていい子なんだ。
　テキトーに理由作って逃げちゃえばいいのに。
　ちゃんと引き受けるところが、楓くんらしいというか。
　昔からみんなが嫌がることを、率先(そっせん)して引き受けていたもんなぁ。
「じゃあ今、立川くんは１人で仕事してるってことですか？」
「そうなるな。そこで成瀬に提案だ。お前、立川と仲いい

だろ？　後輩が頑張ってるんだから、先輩として当然、手伝うよな？」
　くっ……そうきたか。
　原田先生は、楓くんの名前を出せば、わたしが断らないと確信している表情をしていた。
　先生からの頼みなら逃げてやろうかと思ったけど、楓くんが１人で頑張っているなら、逃げるわけにはいかないしなぁ。
　けどなぁ……楓くんと直接顔を合わすのはなぁ……。
　「あの日の電話の人、誰ですか？」と聞かれたら、なんて答えたらいいのか……。
　うーん、どうしよう。
　たぶん、面倒な仕事を引き受けるのは楓くんくらいしかいない。他の子は引き受けないだろうから、わたしが手伝わないと、楓くんの負担が大きくなってしまう。
　楓くんには、いつも助けてもらってるしなぁ……。
　こうなったら、わたしには手伝うという選択肢しか残っていない。
「わ、わかりましたよ。場所は図書室ですか？」
「おぉ、さすがだな。お前いい先輩だよ」
「あはは、どうもありがとうございまーす」
　こうして、荷物を持って図書室に向かうことになった。
　仕事の内容は、どうやらいらなくなった本の整理らしい。
　楓くんが１人でやっているのが大変だろうと思って、早足で図書室に到着。

扉を開けると、中には誰もいる様子はない。
　奥に進むと物音がする。
　本棚からひょこっと顔を覗かせると、重そうな本を運んでいる楓くんの姿があった。やっぱり、楓くん1人しかいなかった。
　楓くんの周りには、古い分厚い本がたくさん。
　たぶん、すべて処分するやつだと思う。これをぜんぶ1人でやるなんて、大変だ。
　本を運ぶのに夢中な楓くんは、わたしが来ていることに気づいていない。
　かと思えば、いきなりこっちを向いたので、バッチリ目が合った。
「え、雛乃先輩？」
　楓くんは、かなり驚いた顔をしていた。
　どうしよう……。
　こんなふうに直接話すのが久しぶりで、少し緊張してしまう。
「あ、えっとね、さっき原田先生から聞いたの。楓くんが1人で本の整理してるって」
　なるべく不自然にならないよう、言葉をつなげたつもり。
「それで、わざわざ来てくれたんですか？」
「う、うん。1人は大変だと思って」
　少しぎこちなくなってしまったけど、楓くんはわたしのほうを見て優しく笑った。
「雛乃先輩は優しいですね。普通ならテキトーに理由作っ

て帰るのに」
　そりゃ、面倒だし、テキトーに理由を作って帰ろうとしたけど。
　でも、楓くんが引き受けたことを知った以上は、帰るわけにはいかない。
「楓くんには、いつもお世話になりっぱなしだから、少しでも力になれたらいいなって思って」
「やっぱり、優しいところは昔から変わってないですね。雛乃先輩のそういうところ、俺すごい好きです」
　"好きです"って単語が妙によく聞こえてしまって、ドキリとした。
「じゃあ、お言葉に甘えて、手伝ってもらってもいいですか？」
「も、もちろん！　一緒に終わらせて早く帰ろう！」
　こうして、楓くんと２人で本を片づけることに。
「雛乃先輩は小さい本とか片づけてください。分厚くて重いやつは俺が運ぶんで」
「えぇ、大丈夫だよ！　わたしこう見えても力あるんだよ？」
　別に、女の子扱いしてくれなくてもいいのに。
　気を使ってくれているのかな。
「ダメです。ケガしたらどうするんですか？　先輩は女の子なんですから」
　こういう優しいところがモテるんだろうなぁ。そんなセリフをさらっと言えてしまうのがすごい。

楓くんに言われたとおり、わたしは小さい本たちを本棚に並べたり、処分用の段ボールに詰めたりしている。
「楓くんって、やっぱりモテるよね」
「急にどうしたんですか？」
「だって、わたしみたいなのを、ちゃんと女の子扱いしてくれるし」
「そりゃ……先輩は特別ですよ。女の人でこんなに仲いいのは雛乃先輩くらいです」
「ええ、嬉しいなぁ。わたしも男の子だと楓くんだけだよ、仲良くしてるの」
　立ったまま本棚に本を並べながら、何気なく言うと、楓くんが黙り込んでしまった。
　手を止めずに作業をしていると、背後に楓くんの気配を感じた。
　楓くんの長い腕が後ろから伸びて、本棚にトンッと手をついて、わたしの身体をすっぽり覆った。
「へ……？　か、楓くん？」
　振り向こうにも、距離が近すぎて振り向けず、楓くんの顔が見えないまま問いかける。
　何も言ってくれない。
　突然の行動に、わたしは軽くパニック状態。
　そんなわたしの耳元に、楓くんがそっと顔を近づけてきて言った。
「ほんとに……俺だけですか？」
　楓くんの息がかかって、甘い声が鼓膜(こまく)を揺さぶってくる。

「な、何が？」
　こんなこと聞かなきゃよかった。
「電話……」
「え……？」
　嫌な予感がした。
「雛乃先輩が風邪ひいた日に、途中で電話代わった人……。あの男の人って誰ですか？」
　予感は見事的中。自分が今、いちばん聞かれて困ることを、ついに口に出されてしまった。
「雛乃先輩と……どういう関係ですか？」
　声は徐々に小さくなって、語尾の「ですか」は消えてしまいそうなくらい弱かった。
　ここで正直に答えることはできない。だけど、この逃げ場のない状況で、思いつく言い訳は何もないに等しい。
　わたしがずっと黙り込んでいると、楓くんの手がわたしの肩に軽く触れた。
　触れただけかと思えば、そのまま身体をくるりと回され、正面を向かされた。
　見上げると、楓くんの顔が視界に入る。
　壁にトンッと手をつき、わたしから逃げ場を奪う。
「……答えて、先輩」
「っ……」
　こんな強引な楓くんは見たことがない。
　強引に迫ってくるのに、表情はなんだか余裕がなさそうに見える。

「俺に言えない……ですか？」
「えっと、その、あの電話は──」
　なんとか言葉をつなごうとしたとき。
　──ガラガラッ!!
　いきなり図書室の扉が開いた音がした。
　その音に反応して、楓くんがとっさにわたしから距離を取った。
「おー、お前ら仕事どうだー？　順調か？」
　中に入ってきたのは、原田先生だった。
　正直、このタイミングで来てくれてホッとした。
「すまんな。明日からなんとか当番制にできるかどうか、先生のほうでも予定組んでみるからな。今日のところはもう帰っていいぞ？　そろそろ下校時間だしなー」
　こうしてわたしたちは図書室を出て、帰ることになった。
　図書室から下駄箱に着くまで、お互い会話を交わすことはなかった。
　下駄箱で靴を履き替え、門に来たところで。
「あ……じゃあ、またね」
　と、わたしが声をかけると。
「遅いんで送ります」
　楓くんが当たり前のように言って、わたしの返事を待たずに、歩き出してしまった。
　ここで断ってしまったら、変にいろいろ勘ぐられてしまうんではないかと思って、断ることができなかった。
　隣を歩くのは気まずいので、楓くんの少し後ろを歩く。

たぶん……いや、絶対。楓くんは何かに気づいている。
　もし、家の前で榛名くんと鉢合わせてしまったら、今度こそ言い訳ができなくなってしまう。
　どうか、バレずにすみますように……！
　そのままとくに会話をすることはなく、あっという間にわたしの家に着いた。
　スマホで時間を確認すると、夕方の6時を過ぎていた。
　おそらく、榛名くんはもう家に帰ってきているはず。
　ここで榛名くんが家の中から出てきてしまったら、その瞬間アウトだ。
「あ、えっと、いつも送ってくれてありがとう」
　内心ヒヤヒヤしながら、それを悟られないように口を動かす。
「いえ。俺が勝手にやってるだけですから」
　なんとかして早く家に入りたいわたしは、楓くんのほうは見ず、家の鍵を探し、そのまま中に入ろうとした。
「じゃ、じゃあ……またね」
　少し冷たい態度をとってしまったかもしれないけど、こればかりは仕方ない。
　玄関の扉のノブに手をかけて、家の中に入ろうとしたら。
「……待って、先輩」
　そんな声が聞こえて、振り向くこともできず、後ろから抱きしめられてしまった。
「……へ？　か、楓くん……？」
　やっぱり楓くんの様子がおかしい。いつもと違う。

わたしが名前を呼んでも応えてくれない。
応える代わりに、楓くんの腕がさらにわたしを強く抱きしめる。
「俺……そろそろ本気出してもいいですか？」
「え……？」
どういうこと？って、聞こうとしたのに、その隙を与えてはくれず。
身体をくるっと回されて、少し顔を上げると、真っ正面に楓くんの顔が。
「っ……！」
思っていた以上に至近距離で、思わず顔をそらそうとしたのに。
「……ダメ。俺のほう見て、先輩」
楓くんの両手が、わたしの頬を挟んで、そらすことを許してくれない。
「っ……ぅ……な、なんか恥ずかしい……よ……っ」
いつもの楓くんじゃないせいなのか、胸のあたりがざわざわして、落ち着かない。
身体の熱が一気に上がって、顔が火照ってきているのが、触らなくてもわかってしまう。
きっと、今のわたしは顔が真っ赤だと思う。
「……そんなかわいい顔、俺以外にも見せてるんですか？」
「っ……ま、待って……！」
迫ってくる楓くんを押し返したときだった。
背中のほうで、扉がガチャッと開く音がしたのは。

開けたのはわたしではない。
　もちろん、楓くんでもない。
　ということは……。
「っ!!」
　お、終わった……。
　恐れていた最悪の事態が起こった。
　中から、榛名くんが出てきてしまったのだ。
　扉を開けた張本人は、わたしと楓くんを見て、固まっている。
　楓くんも同じく、中から出てきた榛名くんを見て、固まっている。
　ど、どう乗り越える……？　この状況……！
　わたしは２人を交互に見ながら、言葉を発せずにいる。
　しばらくの間、沈黙が流れ、それを破ったのは……。
「……あー、まだ楓くんと絡んでるの？　悪い子だね、ひなは」
　嫌味たっぷりの口調の榛名くんだった。
「い、いや……これは……！」
　慌てるわたしとは対照的に、２人はなぜか冷静な表情のまま、お互いにらみ合っている。
　そして、次に楓くんが口を開いた。
「雛乃先輩、この人は？」
　う、うわ……。楓くんのこんな低い声と、険しい顔は見たことがない。
　……さすがに、ここで同居人ですとは言えるわけがない。

だけど、榛名くんがわたしの家から出てきてしまったところを見られてしまったわけで。しかも榛名くんは部屋着姿だし。なんと言い訳すればいいのか……。
　わたしが頭を悩ませていると、それをぜんぶ吹っ飛ばすようなことを榛名くんが言った。
「ひーな、早く僕のこと紹介しなよ。同居人の榛名くんですって」
「っ!?」
　この人、いま自分がとんでもない爆弾を落としたってわかっているのか!?
　さらっと同居というワードを出されてしまい、わたしの考えようとしていた言い訳は、すべて水の泡となった。
　榛名くんの言葉に、楓くんが固まる。
　そして若干、戸惑いながら、わたしにストレートに聞いてきた。
「同居人って……ほんとですか？」
「や、えっと……」
　こ、ここで素直に打ち明けるべき？
　それとも、なんとかしてごまかす？
　っていっても、誰かさんの同居人発言のせいで、ごまかせるわけもなく……。
「え、えっと……い、いろいろ事情があって、一緒に住んでます……」
　ついに、楓くんに同居がバレてしまった。
　わたしの口から打ち明けると、楓くんはかなり驚いた様

子を見せた。
　そんな楓くんに対して榛名くんは、さらなるありえない行動を取ってくる。
「ねー、ひな。今日も僕と一緒に寝よーか」
　楓くんから引き離すように、わたしの腕を引いて、いきなり後ろから抱きしめてきた。おまけに、わたしの肩に顎を乗せて、とんでもないことを言っている。
　ちょ、ちょっと待て!!
　"今日も"って、どういうこと!?
　これじゃ、まるで毎日一緒に寝てるみたいに聞こえるんだけど!!
「へ、変なこと言わないでよ!!」
「なんでー？　僕とひなは一緒のベッドで寝た仲じゃん」
　ちょ、ちょっと!!
　そんな誤解されるような言い方しないでくれるかな!?
　一緒のベッドで寝たって言っても、一度だけだし！
　しかも榛名くんが寝ぼけて、わたしのベッドに入ってきたんじゃん！
「は、榛名くん!!　いい加減にして!!」
　わたしが怒っても、まったく効果なし。
　それどころか。
「別にいーじゃん。ひなにとって楓くんは、ただの後輩なんでしょ？」
　挑発するような口調で、わたしに向けて言っているはずなのに、楓くんに対して言っているように聞こえる。

すると、ずっと黙っていた楓くんが口を開いた。
「今は、ただの後輩かもしれないですけど……。いつか絶対、俺のほうに振り向かせます」
　表情は真剣そのもの。わたしの瞳をしっかり見ていた。
　そして今度は、榛名くんを見ながら言った。
「一緒に住んでいようが、関係ないですから。俺は俺のやり方で、雛乃先輩を手に入れてみせます」
「へー。手に入れられるもんならやってみれば？　ひなは僕のだから渡すつもりないけど」
　な、なんだか２人ともわたしを置き去りにして、勝手に話を進めているけど、いったいどうなっているんだ？
　楓くんに同居がバレてしまったことで頭がいっぱいのわたしは、２人の会話についていけない。
　ただ、２人の間にピリピリした空気が流れているのは、なんとなくわかる。
　そんなわたしに、楓くんが落ち着いた口調で尋ねてきた。
「雛乃先輩、その人はただの同居人ですか？」
　わたしと榛名くんは、あくまでただの同居人で、それ以上でもそれ以下でもない。
「え……あ、うん」
　わたしが質問に答えると、耳元で「チッ……」という音が聞こえた。
　ええ、なんで舌打ち……！？
「へー、じゃあ彼氏とかじゃないんですね」
　今度は楓くんが、榛名くんを挑発するような口調で話す。

「だったら、俺にもまだ充分チャンスありますね」
「え?」
「俺、これから遠慮しないんで。覚悟してくださいね、雛乃先輩」
　何を覚悟すればいいのかわからず、楓くんを見ると。
「……絶対、俺のものにしてみせます」
　真剣な声のトーンで言うと、楓くんは立ち去ってしまった。

Chapter.3

本気か嘘か、どっちの好き？

　楓くんが去ったあと。
　榛名くんは家から出てきたので、どこかに行くのかと思えば、わたしと家の中に入っていった。
　とくに会話がないまま、玄関の扉がバタンッと閉まった。
　文句の1つでも言ってやろうかと思ったのに、黙り込んだままの榛名くんに拍子抜けして、何も言えなかった。
　楓くんが関わっているから、絶対何か言ってくると思ったのに。
　いったん家に入って安心したけど、結局、同居のことは楓くんにバレてしまった。
　たぶん、楓くんは同居のことを言いふらすような子ではないので、そこは安心していいかな……と思う。
　それよりも、引っかかるのは、榛名くんと楓くんの会話の内容。
　2人とも相性が悪いのか、常に挑発的な口調で、お互い譲る気がないって感じだった。
　榛名くんは楓くんに対抗していたように感じたし、楓くんも、いつも冷静なのに、少しムキになっていたように見えた。
　いったい、これから先どうなるんだろう？　単純な思考回路しか持っていないわたしは、深く考えることができなかった。

そのまま、何事もなく終わるかと思いきや。

楓くんが帰ってから、榛名くんの機嫌が、あからさまに悪い。

いったん自分の部屋に戻ってから、出てこようとしないのだ。

一緒に住むようになってわかったことだけれど、榛名くんは自分が気に入らないことがあると、拗ねて自分の部屋にこもるクセがある。

やっぱり、楓くんのことで機嫌を悪くしているに違いない。何も言ってこなかったから、大丈夫だと思っていたんだけどなぁ。

晩ごはんを用意したと声をかけても、無視。

お風呂の準備ができたと声をかけても、無視。

榛名くんが、いつも見ているドラマが始まったと教えてあげても、無視。

さすがに、ここまで無視されたら放っておこうって思ったんだけど。

なんでだろう。

自分でもよくわからないんだけど、放っておくことができない。というか……特に理由はないのに、気になってしまう。

だから寝る前に、最後に一度だけ榛名くんの部屋の扉をノックした。

数回コンコンッと叩いて、反応がなかったら、諦めて自分の部屋に戻ろうとした。

ノックしても、中からは何も返ってこない。
　もう寝てしまったのか、それとも榛名くんお得意の無視無視攻撃なのか。
　こうなったら、勝手に扉を開けてやろうかって思ってしまう。
　じつは、同居を始めてから榛名くんの部屋に入ったことがない。
　別に入っちゃダメとか言われているわけじゃないけど、とくに理由もないので入ったことがない。
　でも今は、中にいる榛名くんが気になって、扉を開けてしまった。
　部屋の中は真っ暗。
　ただ、ベッドのそばにある窓のカーテンは開いたままで、そこから月の光が差し込んでいる。
　月明かりに照らされて、ベッドに横になっている榛名くんを見つけた。
　扉が開いたのに気づいていないことから、たぶん寝ているんだと思う。
　起こさないように、そっと少しずつ近づいて、ベッドの真横に来たところで、榛名くんの綺麗な寝顔をとらえた。
　スヤスヤと気持ちよさそうに寝ている。
　なんだろう……。
　榛名くんを見ていると、胸がキュッと縮まる。
　……無防備だけど、綺麗な寝顔。
　もともと、榛名くんの顔立ちは整っているけど、眠って

いるときまで崩れないなんてずるいと思う。
　普段からノーセットのサラサラの髪。
　近くで見ると、肌はすごく綺麗。
　男の子のくせにまつげ長いし、顔もすごく小さい。
　こんな無防備な姿を、他の女の子にも見せたりするのかな……？
　ギュウッと……心臓をつかまれたような感じがした。
　いったいどれほどの時間榛名くんのことを見つめていたんだろうと、ふと我に返った。
　そのままベッドのそばから離れようとしたときだった。
　急に、手首をパシッとつかまれて、ハッとした。
「……何してんの？」
　さっきまで閉じていたはずの瞳が、今はぱっちり開いていてわたしのほうを見ていた。
　少し長い前髪から見える綺麗な瞳に見つめられると、身体が一瞬で動かなくなる。
「っ、お、起きてた……の？」
　わたしが問いかけても、榛名くんは目をそらさないまま、何も言ってこない。
　かわりに手首をつかむ力が強くなった。
「……ひなはいけない子だね」
　つかんでいた手首をグッと引いてきた。
　グラッと身体が揺れて、バランスを崩してしまい、横になっている榛名くんの胸に飛び込んでしまった。
「男の部屋に１人で入ってくるとか、無防備すぎ」

「へ……？」
　わざと耳元で甘く誘うような声で話すから、身体がビクついてしまった。
　離れようにも、榛名くんの長い腕がわたしの背中に回ってきていて、離れることができない。
「襲われても文句言えないよ」
「な、なに言って……きゃっ……」
　背中を指でツーッとなぞられて、ゾクッとして、変な声が出た。
　同時に、手に力が入って榛名くんのシャツをギュッと握った。
「あーあ、そんなかわいい声出したら抑えきかなくなる」
　さっきから耳元でヒソヒソと話すから、くすぐったいし変な感じがする。
　榛名くんのささやきは、とても危険だ……。
「もっと……ひなのかわいい声聞きたくなる」
「イ、イジワルしないで……っ」
　振り絞って出た声は、自分が想像していたより甘ったるい声だった。
　バクバク……心臓がこれでもかってくらいの速さで動き出す。
　これ以上ドキドキしたら、壊れちゃうんじゃないかってくらい……。
「ひなのかわいい顔とか、声とか、他のヤツには見せたくないし、聞かせたくもない」

「っ……」

　榛名くんがいつも以上にストレートで、どういう反応をしたらいいかわからない。だから、わたしはひたすら榛名くんの胸に顔を埋めることしかできない。

　たぶん……いや、絶対。

　今のわたしは顔が真っ赤だ。

　確かめなくたって、全身の熱が上がっているのがわかるから。

　今は、ひたすらこの顔を見られたくなくて、顔を隠すのに必死で、他に意識が回りそうにない。

「そうやって身体くっつけてくるの、計算？」

「へ……？」

　計算ってなんのこと……？

「……まあ、ひなに限ってそれはないよね」

　耳元で榛名くんがフッと笑った。

　そして。

「さすがにさー、僕も男だから、あんまひっつかれると理性が死んじゃうんだよね」

　身体が一瞬ふわっと浮いたかと思えば、後ろにドサッと倒された。

　ギシッとベッドがきしむ音。

　榛名くんの両手がベッドについた。

　上から見下ろしてくる瞳にゾクッとした。

　これが"押し倒されてる"っていう状態だと気づくのに、そんなに時間はかからなかった。

「ま、待って……な、何するの……っ！」
　明らかに危険な状況に軽くパニックになる。おまけに、さっきまで隠したいと思っていた自分の顔が露わになってしまって、自分の手で必死に隠す。
　両手で顔を覆ったはずなのに。
「そうやって隠すと逆効果」
「え……？」
「隠されると、余計に興味が湧いて、見たくなるもんなんだよ」
　両手首を簡単につかまれて、頭の上に持っていかれてしまい、顔を隠すものがなくなってしまった。
　榛名くんは片手で、わたしの両手首を器用に押さえつけてくる。
「へー、顔真っ赤」
「っ……！」
「もしかして……僕にドキドキしてるとか？」
「……っ、ち、ちが……」
　口では違うと言いかけても、もしかしたら違わない……かもしれない。
　胸の音が、どんどん大きくなって、自分の耳にまで響くくらい聞こえてくる。
「楓くんにも、そんなかわいい顔見せてんの？」
　月明かりが照らし出した榛名くんの表情は、ふてくされていた。
「……見せてるなんて言ったら、その口塞ぎたくなる」

「っ……」
　榛名くんの綺麗な指が近づいてきて、わたしの唇に親指をグッと押し付けてきた。
　さらにブワッと体温が上がる。
「ひなのぜんぶ、ほしくなる」
「ま、待って……」
「僕に触れられるの嫌？」
「え……？」
　この状況で、そんな質問をされるとは思っていなかった。
　答えを求められても、思考が正常に働いているとはいえない今のわたしには、無理な質問だ。
「嫌だったら逃げなよ」
「っ……」
　その選択をわたしに迫るのはずるいと思う。
　この状況で、はっきり嫌だと言えないわたしもどうかしている。
　ここで、杏奈に言われたことが頭の中を微かによぎった。
　わたしが、榛名くんを好きかもしれない……ということ。
　まさかと思って、否定したけれど……。
　今はうるさいくらいに響く胸の音が、自分の気持ちをますますわからなくさせる。
「……なんも言わないの？」
　答えられないという意味を込めて、首をフルフルと横に振った。
　これ以上、わたしの心の中をかき乱さないでほしい。

榛名くんと一緒にいると、自分が変になるような気がするの。
　具体的に何がと聞かれても、はっきりしたことは答えられないんだけど……。
　出会いはほんとに最悪で、大っ嫌いな印象しかなくて。
　一緒に暮らすなんて、やっていけるわけがないと思っていて、こんな人とは絶対気が合わないと思っていた。
　榛名くんのマイペースな性格に振り回されてばかり。
　だけど、いなかったらいなかったで、意外とさびしく感じてしまって……。
　なんだろう……。
　これだけは言える。
　きっと、わたしの中で榛名くんの存在は、出会った頃より確実に大きくなってきている……。
　今は、この気持ちがはっきりしたものじゃなく、曖昧なものでしかないから。
　榛名くんのことが好きなのか、明確にはわからない。
　ずっと黙ったまま、わたしの答えを待ち続ける榛名くん。
　こうやって見つめられているだけで、自分の心臓が持ちそうにない。
　恥ずかしさで、さっきよりも顔が熱くなるし、瞳にじんわり涙がたまる。
「っ、……その顔はずるい」
　ずるいのは、何も言わない榛名くんのほうだ……。
「逃げないってことは……嫌じゃない？」

「っ……」
　声が出なくて、さっきと同様に首を横に振る。
「じゃあ……嫌ってこと？」
　ここで首を縦に振るべきなのに……。
　どちらにも動かさないわたしは、何を考えているの？
「……どっち？」
「……わ、わたしに聞かないで……っ。わ、わからないのっ」
　自分で自分の気持ちがわからないなんて、おかしな話だと思う。
　だけど、ほんとにわからないから、これ以上答えを求めてこないでほしい。
「ふっ……じゃあ、少しだけ……」
　ゆっくりと、榛名くんの綺麗な顔が近づいてきて、思わずギュッと目を閉じる。
　すると、頬にやわらかい感触が触れた。
　軽くチュッとリップ音が鳴って、目を開けた。
「ほんとは、ここにしたかったけど、我慢したんだから褒めて」
　そう言いながら、榛名くんがわたしの唇を指でゆっくりなぞる。
「あんま楓くんと仲良くすると、今度は抑えないよ」
　とても、ふざけて言っているようには見えなかった。
　だから、頭の中に1つだけ浮かんだことを榛名くんに聞いてみる。
「どうして……わたしが楓くんと仲良くするのをそんなに

嫌がるの？」
「……は？」
　すると、榛名くんは固まってしまった。
　まさに、なに言ってんだこいつって顔をしている。
「えっと……榛名くんは、どうして楓くんのことが嫌いなのかなって……。すごくいい子なんだよ？」
「…………」
「後輩だけど、しっかりしてるし、面倒見もよくて、こんなわたしのこといつも助けてくれるいい子……」
　まだ、話している途中だっていうのに。
「……ひなは、なんもわかってない」
　さっきよりも、ずっと険しい表情でわたしを見つめる。
「そーやって、ひながあいつのこと褒めるたびに、ムカついてんだよ。わかんない？」
　口調が明らかに、いつもよりきつい。
「それにさー、ひなも思わせぶりな態度とるから、あいつ誤解するんだよ」
「思わせぶり……？」
「そうだよ。あいつ、絶対ひなのこと好きじゃん。ひなはあいつのこと、好きじゃないんでしょ？」
「ちょ、ちょっと待って……！　か、楓くんは別にわたしのこと好きじゃな……」
「そーゆー鈍感なところ直したら？　だから、あいつに迫られるんだよ。隙ありすぎ」
　急に榛名くんの口調が荒くなって、どう対処したらいい

のか、戸惑ってしまう。
「男はみんな危険だと思いなよ。楓くんだって、ひなにはいい後輩にしか見えないけど、あいつだって、しょせんただの男なんだから」
　やっぱり、榛名くんは楓くんのことを否定してばかりだ。
「か、楓くんは悪い子じゃ……ないもん……っ」
　少し強気に言い返すと、それを跳(は)ね返すように榛名くんがわたしに迫ってきた。
「……ムカつくから、やっぱ止めない」
「ちょ、ちょっと……っ」
　いきなり、わたしの首筋に顔を埋めて、抵抗しようとすれば、力で押さえつけてくる。
「い、痛い……っ」
　首筋に吸いつかれたかと思ったら、軽く噛まれて痛みが走った。
　それは、１回ではおさまらずに、何度も何度も、首筋にキスが落ちてくる。
　手に力が入って、ベッドのシーツを握りしめる。
「……んっ、やぁ……」
　身体をよじって抵抗するけれど、なぜか身体に力が入らない。
　頭がクラクラしてきて、おかしくなりそう。
「……またそんなかわいい声出してさ。煽(あお)ってんの？　止められなかったらひなが悪いんだよ」
「な、なんで、こんなことするの……っ」

少しの抵抗として、今は押さえられていない手で、榛名くんの胸を押し返す。
「逆に聞くけどさ……。僕がなんで、こんな迫るかわかんないの？」
「わ、わかんないよ……」
　そんなのわかっていたら、最初から聞かない。
「なんで、そんな鈍感なの？」
「え……？」
「ひなしか触れたくない。ひなのかわいいところは、ぜんぶ僕だけが独占できればいいの。こう言ったらわかる？」
「……？」
「あのさー、ここまで言ってわかんないってバカすぎ、鈍感すぎ」
　榛名くんが困った顔をして、自分の頭をくしゃくしゃとかいていた。
　すると、榛名くんが急に真剣な顔になった。
　そして、驚くことを口にする。

「雛乃のこと好きだって言えばわかんの？」

　……一瞬、思考が完全に停止した。
　榛名くんの今の言葉が鮮明に耳に残る。
　さっきまで、うるさいくらい動いていた心臓の音が、聞こえなくなってしまった。
　真っ直ぐな視線に、身体が動かない。

たぶん……。

数秒間、わたしは息をしていなかった。

まるで、今だけ時が止まってしまったように、わたしの中の何もかもが停止した。

息が苦しくなって、ハッと呼吸が戻った。

同時に、停止していたはずのすべてが、狂ったように動き出す。

「い、今……好きって……」

確認するように口にすると、榛名くんは、はっきりわたしに言った。

「雛乃のこと本気で好き」

いつもは甘えたように、"ひな"と呼ぶのに、不意打ちで、真剣な顔をして"雛乃"と呼ぶのはずるい……。

これで、わたしの頭は一気に真っ白になった。

真っ白になってしまったわたしに、榛名くんはさらに追い討ちをかける。

「……ほんとは、雛乃の気持ちが少しでも僕に向くまで待つつもりだった。だけど、やめた」

「っ……」

「もう我慢できそうにない。雛乃が僕以外の男のものになるなんて、許せない」

急に、男らしい顔を見せられて、動揺しないわけがない。

こんなに真剣な瞳をしている榛名くんは初めて見た。

不覚にも、そんな榛名くんにドキドキしてしまっている。

たぶん、これ以上迫られてしまったら、心臓の音が自分

だけじゃなくて、榛名くんにも聞こえてしまうんじゃないかってくらいの大きさで、響いている気がする。
「う、うそ……。し、信じられない……よ」
　やっと出せた声は震えていた。
　いきなり好きだと言われても、信じられっこない。
「なんで？　好きって伝えてんじゃん」
「そ、それって……」
　どういう意味なの？
　そう言葉を続けようとしたら、わたしの聞こうとしていたことを、先に読んだ榛名くんが答えた。
「決まってんじゃん。彼女になってほしいって意味で言ってる」
「っ……!?」
　彼女という聞き慣れないワードが、さらにわたしを混乱させる。
　榛名くんのいきなりすぎる言動に、もうこれ以上ついていけそうにない。
「な、なんでいきなり……」
「いきなりじゃない」
「え……？」
「昔から好きだって言ったら、どーすんの？」
　もう、完全にキャパオーバーだ……。
　わたしがそんな状態になっているとは知らない榛名くんは、さらに攻めてくる。
「小さい頃から、それくらい昔から雛乃のことずっと好き

だって言ってんの」
　な、なにそれ……。
　もう、何もかもが突然すぎて、受け止めきれないんだって……！
「そ、そんなの信じられない……っ」
　榛名くんの性格上、気まぐれとか、大して気持ちがなくても言えてしまうんじゃないかと思えてしまう。
　それに、わたしと榛名くんが一緒にいたのは小学校に入る前まで。
　そこから、榛名くんが引っ越しをして、離れてから会うことはなかった。
　記憶はだいぶ薄くなっている。
　高校に入学したときだって、２年になったときだって、同じクラスになったことはないし、接点もない。
　もしかしたら、学校で会っていたりしたかもしれないけど、話すことなんかなかった。
　初めて話したのは、同居が決まった日。
　図書委員の仕事で、図書室に残ったとき。
　これが、わたしが榛名くんと高校に入って初めて話した瞬間だと思う。
　それに、小さい頃からずっとなんて……。
　いったい何年前だと思っているの？
　そんな長い間、わたしのことをずっと好きでいてくれたなんて、そう簡単には信じられない。
　正直、この同居の話がなかったら、わたしは榛名くんの

ことを思い出せていなかった。
　昔の小さい頃の淡(あわ)い記憶なんて、もう忘れて、なくなっているものだと思っていた。
　それに、榛名くんは高校に入学してから……いや、多分もっと前から女の子にモテていたはずだ。
　いくら、性格が自由すぎるとはいえ、ルックスのよさだけは、女の子たちが放っておくわけがない。
　過去に彼女の１人や２人、いてもおかしくない。
　そんな人に、いきなりずっと好きだった、なんて言われても信じられるわけがない。
　きっと、わたしなんかより、ずっと素敵な女の子に出会っているはずだ。
「……ずっと、雛乃しか見てないって言っても信じてもらえない？」
　今は、首を縦に振ることしかできない。
　すごい失礼かもしれないけど、わたしが知っている榛名くんは、そんなに一途な人だとは思えない。
　恋愛とかテキトーで、どうでもいいとか思っていそうなイメージしかない。
　とりあえず、今起きている出来事をすべて整理したいのに、その時間を与えてはくれない。
「じゃあ、どうやったら本気って伝わる？」
「そ、そんなこと……いきなり、わたしに聞かれても困るよ……っ！」
　もう、何がどうなっているのか。

混乱して、数時間前まで楓くんに同居がバレて慌てていた自分は、もういない。
　そんなことより、今は榛名くんのことで、いっぱいいっぱいだ……。
　少しの沈黙のあと、榛名くんは、わたしの上からどいた。
　そして、ベッドの上に座ったまま、何かを考えている。
　わたしも身体を起こして、少し距離を空けて座る。
　そして榛名くんは、さらに衝撃の事実をわたしに告げる。
「この同居さ……」
　少し言うのを戸惑いながら。
　ひと呼吸置いて。
「僕が無理やり頼んだんだよ」
「……え？」
　混乱に混乱を重ねて、わたしの頭は、もう限界寸前まできている。
「高校が今の家から遠かったっていうのは事実だけど。別に通えないほどの距離じゃなかった。それに、もともと、この高校に進学するつもりなかったし。ほんとは家の近くにある高校に進学するつもりだった」
　さらに榛名くんは話し続ける。
「だけど……中学３年のとき。雛乃のお母さんに偶然会ったときに、雛乃の進学先を聞いて、同じところに通いたいと思って、ここを選んだ」
「う、うそ……っ」
「結局、同じ高校に入ったのに話しかけることすらできな

くて。校内で何回か雛乃のこと見かけたけど、雛乃は僕に気づくことなかったし。昔のことなんて、もう忘れたんだって思い知らされたような気がして、余計に話しかけられなかった」

　自分の前髪をくしゃっとかき上げて、照れているのを隠そうとしている様子から、とても嘘を言っているとは思えない。
「あー……。なんか僕、かっこ悪いこと言ってる。ほんとは言うつもりなかったんだけどね。雛乃のお母さんにも言わないでくださいって口止めしといたのに、自分で言うことになるとはね」

　ハハッと、軽く笑っていた。
「雛乃のおばあさんが倒れて、今、雛乃の両親が面倒みるために家空けてるじゃん？　あれ、ほんとは家族みんなで行く予定だったらしいんだよね」
「え……そ、そうなの？」
「そー。さすがに１人娘を家に置いていくわけにはいかないって。だから、それがチャンスだと思ったから、同居のことを思い切って頼んだ」

　まさか、榛名くんがそこまでわたしのことを想って、動いていたなんてまったく知らなかった。
「家から遠いっていうのはほんとだったけど、同居の話を頼んだときは、そんなのただの口実にしかすぎなかったし」

　これだけ榛名くんが、自分のことを話してくれたのは初めてかもしれない。

ただ、それをすべて受け止めて、整理しきれていないのがわたしの現状だ。
「いつもさー、雛乃より余裕な態度ばっかりとってたけど、実際はこんなもんなんだよ。ダサいよね、ほんと」
　ベッドに片手をついて、重心を後ろに倒して、天井を見上げる榛名くん。
　そんな姿を見て、なんでかわからないけど、胸がギュッとなった。
「ダ、ダサくなんかないよ……っ」
「……？」
「い、今はちょっと、頭の中が整理しきれてなくて、うまく言えないけど……。で、でも、榛名くんがこうやっていろいろ話してくれて、嬉しかったよ……？」
　それに、榛名くんがいてくれたから、わたしはここを離れずにすんで、今の生活を送っているわけだし。
「……かっこ悪いとか思わない？」
「お、思わない……かな」
「じゃあ、僕の彼女になってよ」
「へ……!?　そ、それとこれとは話が違うよ……っ！」
「なんで？　こんなに雛乃のこと好きなのに？」
　下を向いて話しているわたしの顔を、覗き込むように見てくる。
「い、今は……その、ちょっとごちゃごちゃしてて……。す、すぐに答えは出せない……です」
　わたしが控えめに言うと、榛名くんは引こうとせず。

「じゃあ、僕のこと男としてちゃんと意識してよ」
　その言葉に、わたしは首を縦にも横にも振ることができなかった。

意識なんかしてないつもり。

　気がつけばもう６月の下旬。
　夏本番に向けて、これからどんどん暑くなっていく。
　……正直、あの日以来、榛名くんと顔を合わせたくないと思ってしまった。
　だけど、家にいれば、必ず顔を合わせるわけで……。
　榛名くんを避けてばかりで、不自然な生活になっていた。
　家では極力、自分の部屋から出ない。会話は必要最低限。
　榛名くんもわたしに対して、何か言ってくることはなく、なんとか生活を送れている感じ……。
　前のようにはいかず、不自然だらけだけど……。
「雛乃？　どうかした？」
　あっ……いけない。
　今はお昼休みで、杏奈とお弁当を食べているところ。
　榛名くんのことを考えていたせいで、箸を持ったままフリーズしていた。
「なんかあった？　最近ずっとボケーッとしてるような気がするけど？」
　あれ、わたし最近そんなボケッとしてたのか……。
　自覚していないなんて、恐ろしい。
「あ、あのね、杏奈に聞いてほしいことがたくさんあるの……」
　榛名くんと一緒に住んでいることを、知っているのは杏

奈だけだから、相談するなら杏奈しかいない。
　そうして、杏奈に今まであったことをすべて打ち明けた。
　楓くんに、榛名くんとの同居がバレてしまったこと。
　楓くんの様子がいつもと違ったこと。
　榛名くんと楓くんがピリピリしていること。
　そして……榛名くんに告白されたこと。
　すべて話し終えると、杏奈は何やら１人で、ふむふむと納得しながら、「いや～、面白い展開になってきたね」と楽しそうにしていた。
「もう、いろんなことが一気に起こりすぎて、わたし１人じゃ整理しきれないよぉ……」
　頭を抱えながら悩んでいるわたしを見て、杏奈は笑いながら、頭をポンポンと撫でてくれた。
「雛乃もいろいろ大変だね～」
　あまり深刻そうな様子は見せず、呑気に楽しそうにしている杏奈。
「うぅ……もうパニックだよパニック！」
「立川くんやっぱり雛乃に気あったか～。そりゃそうだよね。雛乃にだけじゃん、あんな優しいの」
「楓くんはみんなに優しいよ……」
「なに言ってんの！　本気出していいですか、なんて聞いてきてるってことは、今まで抑えてたんだよきっと。雛乃との今の関係を壊したくないからって。けど、榛名くんが現れたことで、ついに立川くんも動き出したか。それに加えて榛名くんも雛乃に惚(ほ)れてるなんて、展開すごすぎじゃ

ない？」
「なんかもうわけわかんない……」
「にしても、榛名くんって案外、一途な人なんだね。だって小さい頃から雛乃のこと好きだって言ってたんでしょ？ 失礼だけど、とても一途そうな人には見えないよね〜」
　まさに、そうなんだよ！
　杏奈の言うことに激しく同意して、ひたすら首を縦にブンブン振る。
「正直、信用していいのか迷う雛乃の気持ちはわからなくもないけどさぁ。でも、案外ほんとかもしれないよ？」
「え？」
「榛名くんってさ、たぶん高校入ってから彼女いたことないんだよね」
「えぇ、そうなの!?」
　杏奈は情報通だから、結構いろんな噂を知っている。
　わたしと違って、常にアンテナを張りめぐらせているって感じ。
「雛乃の話聞いてると、性格はかなり難ありそうだけど、ルックスがいいからねぇ。女子たちが放っておくわけないじゃん？」
「うんうん」
　それは、わたしも思うよ。
　性格を抜きにしたら、榛名くんの顔は誰が見てもかっこいいから、放っておくわけがない。
「だけど、榛名くんの浮いた話はいっさい聞いたことない

んだよねぇ。あれだけモテる人に彼女ができたら、嫌でも噂が耳に入ってきそうだし」
「た、たしかに……」
　っていっても、わたしは噂話とかあんまり興味ないから、噂されていても無関心かもしれない。
「もしかしたら、雛乃のことがずっと好きで、誰とも付き合ってないのかもよ？」
　ま、まさか……。
　ただ、榛名くんの理想が高いだけじゃ？
　もしくは、女の子に大して興味がないだけじゃ？
　自分だけが自由に過ごせれば、周りはどうでもいいとか思ってそうだもん。
「こりゃ、間違いなく雛乃に本気なんだろうねぇ。しかも独占欲ってやつが強いと見た」
「え？」
「雛乃、まさか気づいてないの？」
「え、何が？」
　杏奈が何やらわたしの首筋を指さして、呆れ気味に言ってきた。
「首筋ちゃんと見なよ。鏡貸してあげるから」
　杏奈がスカートのポケットに入れていた小さな鏡を渡してきた。
　とりあえず、鏡で自分の首元を確認した。
　すると、びっくり。
「あ、あれ……これなんだろ？」

制服から見えそうで見えない絶妙なところに、少し薄く残っている紅い跡。
　あれ、こんなのあったっけ？
　今まで気づくことなく生活していた。
　虫にでも刺されたのかな。
「雛乃、あんた榛名くんに何されたの？」
「え……な、何って……」
　この前のことを思い出して、顔が一気にボッと赤くなる。
　そんなわたしに、杏奈は目を見開き、慌てて聞いてきた。
「ちょ、ちょっと、まさかキス以上のことしてないよね？」
「し、してないしてない……っ!!」
　キス……されそうになったけどされてないし。
「榛名くんもだいぶ攻めるね。雛乃さ、その紅い跡、何かわかる？」
「虫刺されじゃないの？」
　けど、虫に刺されたような感じではないし、かゆくもないんだよなぁ。
「はぁぁぁ？　この、バカ!!　虫刺されなわけないでしょうが！」
「へ？」
「微妙な位置だから気づきにくいけど、榛名くんに首元になんかされたでしょ？」
　そういえば、楓くんに同居がバレた日に榛名くんの様子がおかしくて、首筋のあたりを噛まれたような……。
「う、うん」

すると、杏奈は周りをキョロキョロ見ながら、わたしの耳元で、そっと言った。
「それ、キスマークだから」
　キス、マーク……？
「……キ、キスマーク!?」
　教室にいるというのに、わたしはなかなかの声のボリュームで叫んでしまった。
　教室にいた子たちの視線が、一気に集中してきた。
　ひいぃ、やってしまった。
　なんて言葉を大声で叫んでしまったんだ……！
　は、榛名くんってば、なんでこんなのつけるの!?
「……こ、これどうやったら消えるの!?」
　慌てるわたしに、杏奈がズバッと言ってきた。
「あのねぇ、キスマークってのは簡単に消えないもんなの。それに、そんなのつけられる隙を作った雛乃も悪いでしょうが！」
「うっ……え、わたし悪いの!?」
「当たり前でしょ！　隙だらけだから、榛名くんに好き勝手されてるの」
「えぇ……」
「少しは危機感持たなきゃ。この先、何されるかわかんないよ？」
　杏奈は自分の席に戻り、ポーチの中から絆創膏を出した。
「これでも貼って、とりあえず隠しておいたほうがいいんじゃない？」

「隠さないと目立つ……かな？」
「そりゃーね。けど、まあ見えそうで見えない位置だし。隠しとけば大丈夫でしょ。ってか、逆に今まで気づかなかったのがすごいわ」
「か、隠します……」
　こうして、杏奈からもらった絆創膏で首元を隠して、1日を過ごした。

　──放課後。
　ホームルームが終わってから、スーパーに寄って家に帰った。
　玄関の扉を開けると、榛名くんはまだ帰ってきていない様子。
　少しだけホッとした。
　最近のわたしは、榛名くんと会ったら、どんな顔をすればいいんだろうと、ずっと考えてしまう。
　とりあえず、スーパーで買ったものを冷蔵庫にしまい、自分の部屋に向かった。
　着替えをすませて、再びリビングに戻ろうと部屋を出ようとしたときだった。
　スマホがピコピコッと鳴った。
　メッセージは榛名くんからだった。
　スマホのロック画面を解除して、内容を確認した。
【今日遅くなるから晩ごはんいらない】
　また、遅くなるんだ……。

少し前に帰りが遅かったときのことが、頭をよぎった。
　思い出したくなかった、甘い香水の匂い……。
　忘れかけていたはずなのに、今この一瞬で思い出してしまって、気分が重く沈んだ。
　「誰と一緒なの」とか、「帰りは何時になるの」とか、聞きたいことは出てくるのに、スマホの画面で返信を打つわたしの指は、何も聞こうとはしない。
【そっか、わかったよ。気をつけて帰ってきてね】
　送信のボタンを押して、画面を閉じた。
　はぁ、とため息が漏れた。
　せっかく、晩ごはんを作ろうとしたのに、作る気がなくなった。
　リビングに行くのをやめて、ベッドに飛び込んだ。
　両手で顔を覆って、目を閉じる。
　なんだ、この気持ち……。
　またしても、わけのわからないモヤモヤに襲われている。
　榛名くんは、わたしのことが好きだと言った。
　それなのに……榛名くんは今きっと、わたしじゃない女の人と一緒にいる……。
　嘘つき……。
　わたしのことを好きって言ったくせに、他の女の人といるなんて……何を考えているの？
　女の人と一緒にいるという確証はないし、本人に直接聞いたわけでもないけど……。
　胸がざわついて、おさまりそうにない。

どうにか気持ちを落ち着かせたいのに、考えれば考えるほど、悪いほうにしかとらえられない。
　ほんとに……榛名くんは、よくわからなくて、ずるい人だ……。

　あれから、ベッドに寝転んでいたわたしは、そのまま眠ってしまったみたいで、目が覚めたときには外が真っ暗になっていた。
　スマホで時間を確認すると、夜の９時過ぎ。
　結局、晩ごはんは作らず、何も食べずに過ぎてしまった。
　正直、食欲があまり湧かないから、今日はこのまま何も食べずに、お風呂だけすませて寝ることにした。
　部屋から出てお風呂場に向かう。
　リビングや、他の部屋の電気は真っ暗で、お風呂に向かう途中の廊下も電気がついていない。
　たぶん……榛名くんはまだ帰ってきていないんだろうなって思いながら、脱衣所の扉をガラッと開けた。
　たぶん、脱衣所も真っ暗だと思っていた。
　だけど、扉を開けると電気がついていた。そして、目の前の光景に、わたしは驚いて固まってしまった。
「……あー、起きてたんだ」
「っ……!!」
　そこには、いると思っていなかった……榛名くんがいた。
　姿を見つけて、かなり動揺した。
　お風呂に入る前だったようで、ちょうど制服のネクタイ

を緩めて、シャツのボタンを外す寸前だった。
　まだ脱ぐ前だったからよかったけど、脱ぐ前の仕草が妙に色っぽくて、心臓がドッと大きく音を立てた。
「なーに、覗きに来たの？」
「ち、違う……っ‼」
　すぐに扉を閉めて、逃げようとした。なのに、榛名くんの長い腕が伸びてきて、わたしの手を簡単につかんで、逃がそうとしてくれない。
　そして、わたしの首元に目線を落とし、ムッとした顔をしながら、不機嫌そうな声で言った。
「あー……せっかく僕がつけたやつ隠しちゃダメじゃん」
　首元に榛名くんの手が伸びてきて、絆創膏を簡単に剥がされてしまった。
「こんなので隠したら意味ない」
　榛名くんがそばに近づいてくると、意識がすべて榛名くんに集中する。他のことに気が回りそうにない。
　そばにいて、わたしに触れているんだって思うと、身体の熱がどんどん上がっていく。
「……顔赤いよ、ひな」
「っ！」
　意識しないつもりで接しようとしても、そんな器用なことわたしができるわけない。
　自分をうまくコントロールできない。
「……かーわい。僕のこと意識してるの？」
「っ……」

わたしの反応をからかうように、言葉で攻めてくる。
「答えないってことは、意識してるんだ？」
　口角を上げて、ニヤッと笑う表情は余裕そのもの。
「もっとさ……意識させるようなことしたら、どんな反応してくれる？」
　そう言って、わたしの髪に指を絡めて、耳元に顔を近づけてきたときだった。
　っ……。
　ドクッと……心臓が強く音を立てた。
　あの日と同じ、甘くて、くどい香水の匂いがした……。
　一気に、苦しさが胸の中を支配した。
　そして、近づいてきた榛名くんを、とっさに押し返していた。
「……どーかした？」
　その声に反応することができない。
　顔も見たくなくて、プイッと横にそらした。
　そんなわたしの様子を見て、榛名くんが両手でわたしの頬を挟んできて、無理やり目を合わせてくる。
「……なんで、泣きそーなの？」
　うそ……っ。
　わたし、泣きそうな顔してるの……？
　胸の苦しさが、表情に出てしまっていることに気づかなかった。
「べ、別に……っ、なんでもない……っ」
　強がって言い返すと、榛名くんは顔を歪めた。

「言いたいことあるなら、はっきり言えばいーじゃん」
　そのひと言で、喉に引っかかっていた言葉が出てきそうになる。
「き、聞いたら……答えてくれるの……？」
　あぁ、言ってしまった。
　ほんとは、そんなつもりなかったのに。
「気になることがあるなら答えるけど」
　聞いてしまいたい……。
　こんな時間まで、誰と一緒だったのか。
　気になるのは、この一点だけ。
　だけど、聞いてしまって、もっと苦しい思いをすることになるなら、聞きたくない。
　もし、女の人と一緒だった……なんて言われてしまったら、すごく嫌だと思ってしまうのはどうして？
「きょ、今日……」
「ん？」
　緊張して、うまく言葉をつなげない。
　俯いて、部屋着の裾をギュッと握って、今出せる精いっぱいの声を出した。
「こんな時間まで……誰と一緒だったの……っ？」
　わたしの問いかけに、榛名くんは無言のまま、何も答えてはくれない。
　気になって、榛名くんの顔を見ると、気まずそうな表情をしていた。
　やっぱり、聞いちゃいけないことだったのかもしれない。

すんなり答えが出てこないということは、聞かれて困る相手と一緒にいたに違いない。

聞いて失敗したかもしれない。

わたしはどんな答えを求めて、榛名くんにこんなことを聞いたんだろう……？

そんなことすら、自分でわからずに聞いてしまったことに今さら後悔する。

すると、この沈黙を破ったのは、榛名くんのスマホの電子音だった。

ずっと鳴っているので、おそらく電話の着信音。

榛名くんは何も言わず、わたしから少し離れた。そしてズボンのポケットに入っているスマホを取り出して、画面を確認した。

その直後、着信画面に表示された相手の名前が見えてしまった。

思わず、目をそらしたくなった。

だって、画面には、"チサ"と、カタカナで表示されていたから。

明らかに女の人の名前で……。

もしかしたら……榛名くんが会っていた人なのかもしれない。

数秒、着信音が鳴り続けている。

榛名くんは若干、出るのを戸惑いながら、わたしに背を向けて、スマホの画面に表示されている応答のボタンを押した。

「……なんか用？」
『なによ〜！　伊織って、なんでいつも電話のときは冷たいわけ!?　この前会ったときも今日もせっかく一緒に買い物して、ごはんも食べたのに素っ気なかったし』
　電話越しに声が聞こえた……。それは、間違いなく……女の人の声。
　グラッときた。まるで、頭に何か衝撃を与えられたかのよう。
　疑惑から確信に変わった。
　榛名くんは、この電話の相手に会っていた。
「別に冷たくないし。ってか、今取り込み中だから、あとでかけ直す」
　そう言うと、一方的にプツリと電話を切った。
「…………」
　もう、この場にいたくない。
　さっきまで崩れてしまいそうだった表情が、今の女の人の声を聞いて、一瞬でグシャッとつぶれた。
「ごめん、急に電話かかってきて。さっきひなが聞いたことだけど……」
「……っ、も、もういい……っ」
　正直、今のわたしには聞くことはできない。
　だから、榛名くんが話しているのを遮った。
　気づいたら、瞳からポロポロと涙が溢れてきていた。
「ひな？」
　わたしを心配そうに見ながら、手を伸ばしてきて、そっ

と頬に触れてきた。
　だけど、わたしは、その手を振り払ってしまった。
「い、今は榛名くんと話したくない……っ。近づいてこないで……っ」
　そうやって、優しい手つきで、チサさんにも触れているのかと思うと、胸が張り裂けそうなくらい苦しくて、痛い。
　自分の中に、こんな感情があるなんて知らなかった。
　知りたくもなかった。
　目の前にいる榛名くんを押し返して、わたしは脱衣所をあとにした。

ただの後輩なんかじゃない。

「……ん」

カーテンから入ってくる光のまぶしさで、眠っていた意識が戻ってきた。いつのまにか、朝を迎えていた。

まぶたがとても重たい。目を開けているのに、あまり開いているような気がしないくらい。

……昨日、あれから部屋に戻ったわたしは、ただひたすら泣いていた。

自分でも、どうしてこんなに涙が出てくるのか、わからなくて。胸がすごく苦しくて、泣いても泣いても苦しさが晴れることはなかった。

ベッドから身体を起こして、サイドテーブルに置いてある鏡で顔を確認すると、まぶたが腫れていた。

……ひどい顔。

こんな顔じゃ、何かあったっていうのが丸出しだ。

幸い、今日は土曜日で学校がない。それだけが救いだったかもしれない。こんな悲惨な顔で、外に出られるわけがない。

とりあえず、まぶたの腫れをひかせようと洗面台へ向かい、濡れたタオルを用意した。

そのまま部屋に戻ってベッドに横になり、濡れたタオルをまぶたにあてる。

さっき時計で時間を確認したら６時だった。

起きるにはまだ早いと思い、そのまま目を閉じて眠ろうとする。
　だけど、目を閉じていると、嫌でも昨日の出来事が頭の中を支配してしまう。
　今でも忘れられない、"チサさん"。
　わたしには関係ないと割り切ろうとしても、彼女の存在を思い出すと、胸が締めつけられるように苦しくなる。
　頭の中からかき消したいと思いながら、ギュッと目をつぶると、ジワッと涙が出てきた。

　再び、わたしが目を覚ましたのは、それから数時間後のことだった。
　インターホンが鳴っている。
　だ、誰か来た……？
　眠っていた意識が一気に覚めた。
　ベッドから飛び起きて、急いで階段を駆けおりる。誰かも確認せず、開けてしまった。
「は、はい……どちら様……」
　扉を開けて、相手を見ると驚いた。
「あ、雛乃先輩、出てくれた」
　そこには、普段の制服姿とは違って、私服姿でわたしの目の前に立っている楓くんの姿があった。
「え……な、なんで楓くんがウチに!?」
　玄関先だっていうのに、大声を出してしまった。
「メッセージ送りましたよ？　今から家に行っていいです

かって」
　えぇ、そんなの寝てたから確認してないし!
「ってか、先輩、寝起きですか?」
「っ!!　や、えっと……」
　すぐに顔を下に向けた。
　ただでさえ今日は顔がひどいのに。
　……おまけに慌てて出たから、髪の毛グシャグシャだし。
　今さら無駄な抵抗として、指で必死に髪の毛をとかして整える。
「お休みのときにいきなり来て、迷惑でした?」
「……う、ううん……。だ、大丈夫」
　わたしが目を合わせないように話すと、楓くんはわたしの顔を下から覗き込むように見てくる。
　バチッと目が合って、身体が縮こまった。
「寝起きの先輩って、かわいいですね」
「……っ!?」
「いつもかわいいですけど、寝起きって無防備な感じがして、すごい好きだなーって」
　かわいいなんてストレートに言われたら、照れるに決まってる。それを隠すために、他の話題を必死に探す。
「……え、えっと、今日はどうかしたの?」
　思いついた話題は、あまりたいしたことではなかった。
「先輩とデートしようと思って」
　でーと?
　デート?

「デ、デート!?」
　またしても声のボリュームを抑えることができなくて、バカみたいなリアクションをしてしまった。
「２人で行きたいところがあるんです。よかったら、付き合ってくれません？」
「い、行きたいところって、どこに？」
「んー、着いてからのお楽しみってことで。どうですか？ 今日、他に予定ありました？」
　予定はないけど……。
　でも、今日はできるだけ外に出たくないっていうか、誰にも会いたくないっていうか。
　正直、朝起きたときの顔は、他人に見せられるものじゃなかった。
　今だって、まぶたの腫れもひいたのかわかんないし。
　さっき、慌てて飛び起きたせいで、鏡を見ていないし。
　けど、１人で家にこもっていても、余計なことばかり考えてしまうかもしれない。
　わたしが答えを出すのに迷っていると。
「もし、雛乃先輩が１人でいるのが嫌だったりするなら、俺と気晴らしに出かけません？」
　まるで、わたしの心を読んだように、やわらかい笑顔で言った。
　その問いかけに、ゆっくり首を縦に振った。

　わたしは最低限の身支度をすませて、楓くんと、ある場

所へと向かう。
「先輩の私服って新鮮ですね」
　並んで歩いていると、楓くんがわたしを見ながらそう言った。
「え、あ……急いで選んだ服だから、あんまりかわいくなくてごめんね」
　クローゼットを開けて、いちばん最初に目に飛び込んできたものをチョイスした。
　薄いピンク色のワンピース。
　白の襟と袖に、花の刺繍が入っているデザイン。
　寝起きでボサボサだった髪は、ツインテールにしてきただけ。
　ワンピースってスポッと被るだけで、おしゃれに見えるから好きなんだよなぁ。
　だから、私服はよくワンピースを購入することが多かったりする。
「かわいくないなんて俺、言ってないのに。むしろ似合いすぎて直視できないですよ」
　ハハッと笑いながら、さらっと褒めてくれた。
　ほんとに楓くんは口がうまいなぁ。
　そんな会話をしていると、目的地に着いた。
　電車もバスも使わず、着いた場所。
「え……ここって」
　歩いている途中、見覚えのある景色が流れてくるなぁとは思っていたけど。

目の前の建物を見て、懐かしくなった。
「卒業してから来てないですか？」
「う、うん。そういえば、卒業してから一度も来てないかな」
　そう……。連れてこられた場所は、わたしと楓くんが卒業した中学校。
「せっかくだから中、入りません？」
「え、先生に連絡とかはしてるの？」
「してないですよ。けど卒業生だから入っても大丈夫じゃないですか？」
「えぇ」
　待ってよ、楓くんってしっかりしてるくせに、こういうところ楽観的すぎじゃない？
「なんか言われたら、俺がちゃんと対処するんで大丈夫ですよ」
　こうして、開いていた門から、中に足を踏み入れた。
　校舎そのものは、わたしが卒業した頃と全然変わっていない。
　まあ、それもそうか。卒業したっていっても、1年半前くらいだし。
　でも、今、通っている高校に比べたら、校舎の数はだいぶ少ない。
　1年生から3年生の教室や、職員室、保健室がある大きな校舎。そして渡り廊下からつながって、体育館や、図書室、美術室などがある小さな校舎。
　この2つの校舎と、広いグラウンドくらいしかない。

休日だけど、部活の練習などがあるから学校は開いていて、出入りは自由。
　グラウンドでは、陸上部や、サッカー部の子たちが、練習している姿が見える。
　体育館からも声がするから、たぶん部活の生徒が使っている。
「ほ、ほんとに勝手に入って大丈夫かな？」
　ビビリなわたしは、周りをキョロキョロ見て、かなり挙動不審。
「大丈夫ですって。なんなら、職員室に顔出します？　図書委員の担当だった柿谷先生いるかもしれないですよ？」
「い、いや、大丈夫！」
　柿谷先生とは、男の先生で、図書委員担当であり、わたしが中学３年のときの担任の先生でもあった。
　ちなみに中学のときから、わたしと楓くんはずっと図書委員で一緒だった。
　まさか、高校でも一緒になるとは思っていなかったけど。
「柿谷先生、雛乃先輩が卒業してから、さびしそうにしてましたよ？」
　校舎の下駄箱で靴を脱いで、廊下を歩きながら楓くんが懐かしそうに話し出す。
「えぇ？　わたし、あの先生苦手だったもん。口うるさかったし」
　柿谷先生は世話好きな人だけど、口うるさい印象しかなかったなぁ。

いい先生なんだけど、わたしとは合わないっていうか。
あんまり干渉しないでほしいとか思っていたしなぁ。
まあ、高校の進路のことでいろいろお世話になった先生でもあるから、感謝はしているけど。
楓くんと会話をしながら廊下を歩く。途中、階段をのぼって、3階までたどり着いた。
さらに一直線の廊下を歩いて、いちばん奥の、ある場所に着いた。
見上げると、黒のプレートに、白の文字で"図書室"と書かれている。
「休みの日はいつも開いてましたよね」
楓くんの言うとおり、鍵はかかっていなくて、扉はすぐ開いた。
わたしたちの中学校の図書室は、休みの日でも、土曜日だけは生徒が利用できるように開いている。
扉を開けた瞬間、本の匂いがした。
「わぁぁ、すごい懐かしい……！」
中に入ると、思わずそんな声が漏れた。
本棚の並びとか、貸し出しの場所とか、返却ボックスとか、全然変わっていない。
唯一、変わったところといえば、"新刊コーナー"と書かれた棚が置いてあるくらい。この棚は、わたしがいた頃にはなかったはず。
休日だっていうのに、図書室を利用している生徒はいなくて、この場にいるのは、わたしと楓くんだけ。

そして、懐かしい場所を見つけた。
「あ、ここでよく楓くんと勉強したり、話したりしたねっ！」
　図書室のいちばん奥にある場所。
　小さな机があって、そばにイスが２つ。
　図書室の中でも、あまり人目に触れない場所だ。
　中学のとき、図書委員でひまだったときとか、楓くんと２人で、ここでよく雑談をしていた思い出があったりする。
「よかったら座って話しません？」
　楓くんが、イスを引いてくれた。
「う、うん」
　そのまま座ると、楓くんも隣に座った。
　中学のときはあまり意識したことなかったけど、今こうして２人で並んで座ると、結構距離が近い。
　肩と肩が触れるくらい。
　目の前には大きな窓があって、そこから空がよく見える。
　なぜか、２人とも黙り込んでしまい、わたしの目線は窓の外に向いたまま。
　……のはずだった。
　いきなり楓くんが、ひょこっとわたしの顔を覗き込んできた。
「っ!!」
　びっくりして、思わず身体を少し後ろに引いた。
　すると、楓くんはハハッと笑いながら、窓の外を見た。
「懐かしいなー。こうやって先輩と横に並んで座るの。雛乃先輩は、俺と初めて話したときのこと覚えてます？」

……楓くんと初めて話したときか。
「うん、覚えてるよ。わたしが中２で、楓くんが中１のときだったよね？」
　わたしが初めて楓くんと話したのは、図書委員の当番が一緒になったときかな。
　そういえば、その頃の楓くんといえば、今とは全然違う印象だったんだよなぁ。
　中学のときの楓くんは、前髪が目にかかるくらい長くて、顔が隠れていた。
　おまけに、分厚い黒ぶちのメガネをしていて、下を向いてばかりの子だった。
「俺、中学のとき、めちゃくちゃ人見知りだったじゃないですか？」
「う、うん。ずっと下向いてるし、なかなか話さない子だったから、人見知りなのかなとは思ったよ？」
「ハハッ、やっぱりそーですよね」
　中学の頃の楓くんと、今の楓くんは全然違う。
　すごく変わったと思う。
　もちろん、いい方向に。
　外見も、内面も。
「人と話すの苦手だったから、自然と目線は下になるし、相手に顔を見られるのが嫌で、前髪を長くして顔隠したりして。目なんか悪くないのに、わざと度の入ってるメガネしたり。おかげで視界がぼやけて、相手の顔もはっきり見えなかったから、よかったと思ってたんですよね」

「えぇ、そうなの？」
　それは初めて知ったことだった。
　今の楓くんしか知らない人からしたら、そんな楓くんの姿は想像できないかもしれない。
　もしかしたら、楓くんなりに、何か変わるきっかけがあって、今の素敵な楓くんがいるのかもしれない。
　ふと、隣に視線を向けてみれば、窓のほうを見ていた楓くんの横顔は、優しく笑っていた。
「たぶん……雛乃先輩に出会ってなかったら、俺なんも変わってなかったかもなーって」
　スウッと、ひと呼吸置いてから。
　さっきまで空を見ていた楓くんの目線が、わたしに向けられた。
　そして、いつになく真剣な顔で言った。
「俺が変わろうと思ったきっかけは、ぜんぶ雛乃先輩の存在があったからですよ」
「……え？」
　わたしが……きっかけ？
　それってどういうことって聞こうとしたら、楓くんはそのまま話し続けた。
「さっきの話に戻すんですけど、俺と雛乃先輩が初めて図書委員で一緒に残った日。あの日から始まったんです」
　そこから、少し昔の話が始まった。
　わたしと楓くんが初めて図書委員で残った日。
　中学のときの図書委員の当番は、いつも２人組だった。

お昼休みと放課後、本の貸し出しを受け付けたりするのが主な仕事。
　当番はランダムで、１年生から３年生まで、１週間交替で当番が割り振られるシステム。
　そして、たまたまわたしと、いちばんに当番のペアになったのが楓くんだった。
　放課後、滅多に誰も利用しない図書室で、初めて楓くんと２人っきりになったとき。
　テスト期間とかでもないときに、図書室を利用する生徒なんて、ほとんどいない。
　わたしたちの間では気まずい空気が流れた。
　誰か利用する人がいれば、この気まずさは紛れるかと思ったけど……。
　とにかく、すごく気まずかった。
　あのときの気まずさは、今でも覚えている。
　今でこそ、楓くんとはこんなに仲がいいけれど、その頃は楓くんとは話したこともなかった。
　中学に入ってから、後輩と話す機会はそんなにないし、ましてや男の子なんて、どうやって接したらいいのか、わからなくて。
　だけど、先輩であるわたしが、何か会話をしなくちゃいけないと思って。
　何より、沈黙っていう重い空気を取っ払いたくて。
「雛乃先輩、いきなり俺のメガネ取った覚えてます？」
「……あ、そういえばそんなことあった」

あのときの楓くんはずっと下ばかり向いていて、顔も隠れていたから、どんな子なのか気になって、大胆にもそんなことをしてしまった。
　興味本位だったのかな。
　ついでに、どんな顔をしてるのか気になって、たまたま持っていたピンで、楓くんの前髪をとめた記憶もある。
「そのとき、俺になんて言ったか、覚えてます？」
「う、うーん……。あんまり覚えてない」
　人間って自分にとって都合の悪いことは、忘れる傾向にあるからね。
　今思うと、ほぼ初対面の後輩の男の子に、よくいきなりそんなことができたな……と思う。
　沈黙を破る方法なら、もっと他に何かあっただろうに。
　何を思って、わたしはそんな行動に出てしまったのか。
　いまだに、よくわからない。
　すると、楓くんは急におかしそうに笑いだした。
「そんな下向いて、分厚いメガネにボサボサの髪型してたら、女の子にモテないよ？って言ったんですよ」
　うわぁぁぁ……わたしってばなんて失礼なこと言っちゃってるの!!
　もっと他にかける言葉はなかったのかい……!
「俺びっくりして。全然話したことない人にそんなはっきり言われたの初めてで。最初は、なんだこの人って思ってました」
　はは……。

わたしも話したこともない人に同じこと言われたら、なんだこの人ってなるよ。
　でも、楓くんはなんだか懐かしそうだ。
「けど、人見知りだからそう言われても、なんて返したらいいかわからなくて。下を向いたまま、何も言えなかったんです。そうしたら、雛乃先輩がいきなり俺の顔を覗き込んできたんですよ」
「え……あ、そうだっけ……？」
　ダメだ、なんでわたしの記憶はこんなに曖昧なのかな？
　どうでもいいことは覚えているくせに、自分にとって都合の悪いことは、忘れる頭になってしまっているのかもしれない。
「そのときに、初めて先輩の顔をはっきり見たんです。それで衝撃を受けたんですよね」
「え……。そ、それはどういう意味で？」
　顔を見て衝撃を受けるってことは、かなり変な顔をしていたのかもしれない。
　当時の記憶がかなり薄いわたしは、ヒヤヒヤしながら楓くんの次の言葉を待つ。
　そして楓くんは、落ち着いた声で言った。
「……こんなに笑顔が綺麗な人いるんだって」
　予想外だった。
　というか、笑顔が綺麗だなんて、今まで言われたことがなくて驚いている。
　たぶん、わたしが理解していないと悟ってくれたのか、

少し噛み砕くように楓くんが口を開く。
「なんだろう……綺麗っていうか、何も作ってる感じがない、真っさらで、純粋に笑ってる感じで。今までそんなふうに笑う人を見たことがなかったんで」
　さらに、楓くんは話す。
「人って、誰かと接するとき、気を使って思ってもいない嘘を平気で言ったり、その場に合わせて表情をうまく作ったりするんですよね。表面上は、いい関係って周りに思わせといて、裏ではゴタゴタしてるって結構あるじゃないですか。そういうのが苦手で、人と関わることを避けてきたんです」
「…………」
「だから、これからも人と関わるのなんて、面倒で嫌だと思ってたけど……。でも先輩と出会って、少しだけ考えが変わったんですよね」
　ずっと窓の外を見ていた、楓くんの目線が、わたしのほうを向いた。
「みんな同じじゃないんだなーって。雛乃先輩みたいに、作られた感じがなくて、純粋な人もいるんだなって。当時は雛乃先輩の内面とか何も知らないくせに、なに言ってんだって感じですよね。だから、すごく興味湧いたんです。たぶん俺……そのとき、雛乃先輩に……」
　止まることなく話していた楓くんが、急に口を閉じてしまった。
　ずっとこちらを見ていたのに、目線を外して、自分の髪

をくしゃっとしながら照れた様子が見えた。
「俺って、すごい単純なんですよ」
「……？」
「たった一度だけ見た……雛乃先輩の笑顔に一目惚れしたから」
　……ドクッと、心臓が大きく跳ねた。
　同時に、もう一度、楓くんが言ったことを頭の中で整理する。
　今のが、もしわたしの聞き間違いでなければ……。
　慌てるわたしの手の上に、楓くんの大きな手のひらが、ゆっくりと重なってきた。
　驚いて、思わずその手を引こうとしたのに、楓くんはそれを許してはくれない。
　そして何も言わず、わたしに整理する時間も与えてくれず……。
　そっと腕を引かれて、包み込むようにギュッと抱きしめられた。
「か、楓……くん……？」
　名前を呼ぶと、さらに強く抱きしめられた。
　わたしは何もできず、戸惑ってばかり。
「……今、俺が言ったこと聞こえました？」
「……っ」
「先輩すごく鈍感だから。もしかしたら、変なふうにとらえてるんじゃないかなって。ちゃんと伝わりました？　それとも、ストレートに言ったほうがいいですか？」

ダメだ……。
　軽くパニック状態になっている。
　いや、軽くどころじゃない……。
　胸の騒がしさを何度も抑えようとしても、なかなか抑えられない、抑え方がわからない。
　それどころか、さっきの楓くんのセリフが、頭の中で繰り返し流れていて……。
　さらに、わけのわからない状態になっていく。
　混乱するわたしを追い込むように、楓くんが身体を離して顔を見て、はっきり言った。

「……ずっと、雛乃先輩のことが好きだったんですよ」

　今日、いちばん心臓の音がドッと激しく動いた。
　楓くんは一度だって、わたしにそんなことを言ってきたことはない。
　正直、自分が恋愛対象として見られているとは思っていなかった。
　先輩と後輩っていう関係は、何年も変わっていなくて、それが崩れることは、なかったはずなのに……。
　わたしにとって、楓くんは仲のいい後輩で、楓くんにとっても、わたしはただの先輩。それくらいにしか見ていないと思っていた。
　だけど、そう思っていたのは、わたしだけだったということを、今この瞬間、証明されてしまった。

「で、でも、楓くん好きな人いるって……」
「いますよ。それが雛乃先輩ですから。ずっと、中学のときから今まで、この気持ちが変わったことは一度だってないです」

　ここまで、ストレートに想いをぶつけられて、それをうまく処理できるほど、わたしは賢い人間じゃない。
「で、でも……楓くん、そんな素振り今まで見せたことなんか……っ」
「見せないように隠してましたよ。まあ、全然隠しきれていなかったですけど。だって、気づいたら先輩のこと放っておけなかったから。あと先輩、前に俺に言いましたよね？ 楓くんは誰にでも優しいねって。それは雛乃先輩だから、優しくしたいと思うし、助けたいと思うんです。……好きだから」
「……っ」
「たぶん、先輩は俺のこと、ただの後輩くらいにしか見てないってことはわかっていて。何年もそばにいて、俺の気持ちに気づくことはないし。先輩が恋愛に疎いのは知ってたんで。だから、後輩としてそばにいることができたらいいかなとか、甘いこと考えてたんですけど……」

　話を聞きながら、なんて返したらいいか迷う。

　少し下に視線を落とすと、楓くんの両手がわたしの頬を挟んだ。

　そして、顔を上げられて、視線が絡み合う。

　全身の血液が、ブワッと顔に集まっているんじゃない

かってくらい、急速に熱を持ち始める。
「雛乃先輩が……他の男のものになるなんて、嫌だから」
「……っ」
「俺のこと……好きになって、先輩」
　そう言って、おでこにチュッと優しくキスを落とした。
「少しずつでいいから、雛乃先輩の気持ちが俺に向いてほしいから……。多少、強引にでも手に入れたいって思うのは、ダメですか？」
　今の楓くんの瞳は本気で……そして、危険だ……。
「今、俺が雛乃先輩に迫ろうと思えば、迫れるんですよ」
　いつもの優しい楓くんとは違う……。
　身体を縮こまらせて、自然と肩に力が入る。
　そんなわたしの様子を見ても、楓くんは一歩も引く気はない。
　それどころか、楓くんの綺麗な指先が、わたしの唇に触れてきた。
「……やっ」
　触れられて、変な感じがして、思わず声が漏れた。抵抗しようとしたけど、それは無駄なようで。
「抵抗したって、力じゃかなわないんですよ。年下でも、俺は男ですから」
　今、目の前にいる楓くんは、わたしの知らない楓くんだ。
　いつも優しくて、気を使ってくれて、ただの後輩だった楓くんはどこにもいない。
　知らなかった……。

楓くんに、こんな一面があったなんて。
「ま、待って、楓くん……っ」
　少しの抵抗として、迫ってくる楓くんの胸を押し返そうとするけど、ビクともしない。
「かわいくて、ほしくて、止まりそうにないかも……って言ったらどうします？」
　こんなにイジワルなことを言う子じゃなかったのに。
　今は、とにかくわたしは余裕がなくて、目の前の楓くんを、どう止めるか必死に考える。
　だけど、頭はほぼ真っ白状態。
　何もできない状態に等しくて、自然と瞳にジワリと涙がたまる。
　そのまま、楓くんを見つめると、歪んだ表情をとらえた。
「あー……、それが煽ってるんです。自覚していないと思うんですけど」
「……？」
「もうほんと……お願いだから、そんな顔、俺以外の男に見せないでください」
　そう言って、瞳にたまる涙を指で優しく拭ってくれた。
　そして、再びわたしを抱きしめて、はっきり言った。
「絶対、好きにさせますから」
　初めて知った楓くんの気持ちに、わたしは戸惑いを隠すことができなかった。

Chapter.4

迷って、揺れて。

　気づけば７月に入っていた。
　学校は、あと少しすれば夏休みに入る。
　毎日が何気なく過ぎていて、何も考えずに過ごしていたら、時間の流れはあっという間。
　今日は、学期最後の全学年で行われる球技大会がある日。
　自分が出る種目が始まるまで、杏奈とグラウンドの日陰で座って待機をしている。
「はぁ……」
　下を向いて、思わず漏れてしまった、ため息。
　それを聞き逃さなかったのが、隣に座っていた杏奈だ。
「どうしたの、暗い顔しちゃって。最近ずっとため息ついてない？」
「そんなにため息ついてるかな……？」
「ここ最近は毎日、必ず３回以上はついてるんじゃない？」
「えぇ……そんなに？」
　自分じゃ気づいていないくらい、無意識にため息ばかりついているとは……。
「んで、そのため息の原因は？　雛乃が話してくれるなら聞くよ？」
「榛名くんに好きって言われた……」
「うん、それ前に聞いた」
「榛名くんは……わたしが好きだって言ったくせに、この

前もまた女の人と夜遅くまで会ってた……」
　思い出しただけで、泣きたくなってしまう。
　わたしの気持ちは、榛名くんの行動次第で、こんなにもあっさり浮き沈みしてしまう。
「雛乃はそれが嫌だったの？」
「っ……」
「まあ、答えたくないことは無理には聞かないけどさ？　一緒に住んでるから嫌でも毎日顔合わすじゃん？　大丈夫なの？」
「……避けてる」
「避けてるって。逃げてちゃダメじゃん」
　榛名くんとはあまり顔を合わせていない。
　わたしが不自然にも避けてしまっているから。
　って、わたしってば、ずっと榛名くんのこと避けてばっかりじゃん……。
　正直、今のわたしは自分の気持ちがまったく理解できていない。
　気持ちがフラフラしていて、誰のことを想っているのか、すべてが曖昧で中途半端。
　ただでさえ榛名くんのことで、いっぱいいっぱいだっていうのに……。
　それに加えて、楓くんも……。
　恋愛に疎い自分が嫌いになりそう。
　いまだに、楓くんが自分をずっと好きでいてくれたことが信じられない。

その想いに気づかなかった自分が鈍感すぎて、また、ため息が漏れそうになる。
「雛乃の様子からすると、榛名くん以外のことでもなんかあった？」
「楓くんに……告白された」
「へー。ついに好きって言ったか、立川くん。かなり、踏み込んできたねー」
　杏奈は、そんなに驚いた様子を見せなかった。
　それもそうか……。杏奈はずっと前から、楓くんはわたしに気があるとか言ってたくらいだし。
　それをずっと否定してきた過去の自分は、ほんとにバカかもしれない。
「あからさまに雛乃にだけ優しかったからねー。好きだから雛乃に、いろいろしてあげたいんだろうなっていうのが、すごい伝わってきてたよ」
「そう……だよね」
「んで、返事はしたの？」
「し、してない……」
　楓くんに告白された日。結局、あれから楓くんはわたしに何も言ってくることはなく、気まずい空気のまま別れてしまった。
　たぶん、いきなりのことについていけていないわたしに気を使って、何も言ってこなかったんだと思う。
　もし、無理やり答えを迫られていたら、わたしは逃げ出していた……。

きっと楓くんは、それをわかっていたから。
　だから、無理に答えを求めてはこなかった。
　だけど、最後にひと言だけ……。
『もうただの後輩じゃないですから』
　そう言われたのは、今でも鮮明に残っている。
「立川くんはたぶん、焦ってるんだろうね」
　杏奈の表情を見ると、すべてを理解したように、1人で首を縦に振っていた。
「……焦ってる？」
「雛乃を榛名くんに取られたくないから。今の雛乃は、自分の気持ちを見つめ直す時間が必要だね。雛乃の気持ちがブレてばかりだと、誰も先に進むことができないんだよ」
　そのまま、杏奈は話し続ける。
「いつまでも逃げてばかりじゃダメだよ。少しずつでいいから、2人のことをきちんと考える時間を作らないと。んで、もし1人で悩んで抱え込んじゃうんだったら、わたしがいつでも相談に乗るから」
「あ、あんな……っ」
「2人とも、きちんと雛乃に気持ちを伝えてくれてるんだから、頑張ってみな？　わたしは雛乃がどちらを選んでも、もしくはどちらも選ばなくても応援するから」
「……あ、ありがとう……っ」
　杏奈に話を聞いてもらって、少し気持ちが楽になったような気がした。
　しばらくして、ようやく自分が出る種目が始まるアナウ

ンスがかかった。
　ちなみに選んだ種目はサッカー。
　杏奈がサッカーがいいと言うので、それに合わせた。
　試合が始まるので、タオルを日陰に置いて、体操服のズボンのポケットに入れていたスマホも、一緒に置こうとしたときだった。
　真っ暗だったスマホの画面が光った。
　なんてタイミングなんだろう……と、思いつつ、ロック画面から通知の内容が見えた。
　メッセージをわざわざ開かなくても見えてしまう、とても短い文。
【たおれた、たすけて】
　スマホを握りしめて画面を見つめたまま、固まってその場から動くことができない。
　さらに、通知が鳴った。
【ほけんしつ】
　ギュッとスマホを握りしめる力が強くなる。
　いきなりこんなメッセージを送ってきて、何を考えているの？
　からかっているの？って思う気持ちと……。
　わたしじゃなくても、他の女の子に頼ればいいじゃんっていう、醜い気持ちと……。
　もしかして、ほんとに体調が悪くて、わたしに助けを求めてきているのかもしれないと、心配する気持ちと……。
　いろんな気持ちが、複雑に自分の胸の内で交差する。

「雛乃ー？　もうすぐ競技、始まるよ？」
　いつまでも、コートに入らないわたしに、杏奈が声をかけてきた。
　頭では、迷うに迷って、どう行動したらいいかわからないと思っていたのに……。
「あ、杏奈……、ごめん。わたし、ちょっと抜ける……」
　気づいたら、身体は勝手に動き出していた。
「え？　ちょっ、雛乃!?」
　慌てて引き止めようとする杏奈の声を無視して、スマホを握りしめながら、校舎に向かって、バカみたいに走り出していた。
　走りながら、どうしてわたしはこんなに必死になっているのだろうと、呼吸を荒くしながら考える。
　自分から顔を合わせることを避けていたくせに。
　実際、顔を合わせたところで、どう接していいかなんてわかっていないくせに。
　だけど、ここでわたしが無視をして、他の子に気持ちが向いてしまうのは嫌だ……。
　校舎の入り口で上履きに履き替えて、急いで廊下を走って向かう。
　そして、たどり着いた。
　さっきのメッセージに書かれた場所に。
　息を切らしながら、扉をガラッと開けた。
　中はシーンと静まり返っていた。
　養護教諭の先生はいない。

たぶん今日1日、外のテントの救護室にいるから。
　さっきまで気温の高い外にいたのと、必死に走っていたせいで、身体が熱い。
　反対に、保健室は冷房がきいていて、ひんやり冷たい空気が流れている。
　奥に足を進めて、ベッドの前まで来た。
　薄いカーテンが閉められている。
　カーテンを開けようと手でつかむけど、なかなか開けることができない。
　握ったまま、固まって動けない。
　勢いでここまで来てしまったけど、今さらながら、冷静な思考が戻ってきて、動きを制御してしまう。
　カーテン1枚の向こう側にいる人物と顔を合わせれば、自分がどうなるのか、予想できないのが怖いんだ……。
　たぶん……もう、わたしがここにいるのは、扉を開けた音で気づかれたと思う。
　だから、逃げることはできない。
　そして、わたしを逃さないように……。
「……ひーな、おいで」
　カーテン越しにそんな声が聞こえて、思わず開けてしまった。
　視線の先に見えたのは、ベッドに両手をついて座りながら、わたしを待っていた……榛名くんの姿だった。
　わたしの姿を見るなり、すぐに手招きをして、ベッドのほうへ誘ってくる。

まるで、わたしが来るのを確信していたかのような顔をして。
　わたしは、その誘いには乗らずに、スマホの画面を榛名くんに見せる。
「倒れたって、……助けてって、メッセージ送ってきたくせに。すごい元気じゃん……」
　体調が悪いのかもしれないと、ほんの少しでも心配した気持ちを返してほしい。
「助けてほしいから呼んだ」
「な、なにそれ……っ。とても助けてほしそうには見えないよ」
　今の榛名くんは、とても助けを呼んでいる人とは思えないくらい、いつもと変わらない。
「助けてよ」
「え……？」
　榛名くんが身を乗り出して、わたしの腕を強引につかんで引き寄せた。
　そのまま、わたしはベッドに片膝をついた。
　ベッドに乗った重さで、ギシッときしむ音が聞こえて。
　視線を少し下に落とせば、目の前に榛名くんの顔がある。
「……ひなが足りなくて、死にそうなんだよ」
　さらに、強く抱き寄せられて、ベッドについていた片膝が、バランスを崩してしまった。
　これでわたしを支えるものがなくなり、身体のぜんぶを榛名くんにあずけて、胸に飛び込んでしまった。

すぐに離れようと、榛名くんの胸を押し返した。
　だけど。
「抵抗したらダメ。今、言ったよね、ひな不足で死にそうなんだって。だから、おとなしくこのままでいてよ」
　おとなしくこのままって……。
　できるものなら、おとなしくしていたいけど、さっきから、胸の鼓動がバクバクうるさい。
　全力で走ったせいなのか、それとも榛名くんに抱きしめられているせいなのか。
　すべてを榛名くんにあずけていると、首筋にかかっていたわたしの髪に榛名くんが触れた。
　さっきから身体が熱いせいで、髪をかき上げるときに、榛名くんの冷たい指先が、少しだけ首筋に触れた。
「……ひゃっ」
　自分の体温とは正反対すぎて、思わず声が出てしまった。
「あーあ、そーやってまた誘うような声出すから」
「い、今のは、榛名くんの指先が冷たくて……っ」
「んー、なに言ってるか聞こえない」
　聞こえてるくせに、わざとわたしの首筋を指でなぞってくる。
　ゾクゾクする感覚に襲われて、慣れない感覚に身体が抵抗する。
　だけど、榛名くんの長い腕がわたしの背中に回ってきていて、離れることを許してくれない。
「イジワルしないで……っ」

わたしが必死に訴えても、榛名くんは聞いてくれない。
「ひなが悪いんだよ。最近やたら僕のこと避けるから」
　今度は、わざと耳元で鼓膜を揺さぶるように話しかけてくる。
「さ、避けてなんか……」
「嘘つき。あからさまに避けてたくせに。僕が気づいてないとでも思ってた？」
　わたしは気持ちが態度に出やすい、とてもわかりやすいタイプだから、ごまかすことはできない。
「……なんで避けんの？」
「…………」
「楓くんとは仲良くするくせに、僕のことは避けるんだ？知ってるよ、ひながこの前、楓くんと２人でどっか行ったこと」
　嫌味満載の言い方だ……。
　だけど、事実だから返す言葉が見つからない。
　それに、言い返したところで、またさらに嫌味を言われそうだから、今は何も言わないほうがいいかもしれない。
　すると榛名くんは少し身体を離して、顔を近づけてきた。
　思わず後ろに引こうとしたのに、すでに後頭部に榛名くんの手が回ってきていて、逃げることができない。
　視線もしっかり絡み合って、そらすことができない。
「今から僕が質問するから、答えてよ」
「え……？」
　いきなりのことに戸惑うわたしを置いて言った。

「ひなは僕のことが好きか嫌いか。どっちか答えて」
　"好き"もしくは"嫌い"。選択肢は、この２つしかなくて、簡単に答えられるはずなのに……。
「ひなの答えによって、僕はこれから先のことを決めるつもりだから」
　意味のわからない揺さぶりをかけてくるのは、わたしの反応を見ているからだと思う。
「そ、そんなこと、今聞かれてもわかんな……」
「わかんないはナシ。わかんないって言うなら、その口塞ぐから」
「っ……、い、いきなり聞かれても、すぐには答えられない……」
「だーから、わかんないはナシって言ってんじゃん。次言ったら本気で塞ぐよ？」
　力じゃかなわないってことを証明するように、わたしの両手首を片手でつかむ。
「ほーら、早く言わないと、無理やりするよ」
「っ……」
「あと５秒だけ待ってあげる。５秒以内に何も言わないんだったら、覚悟して」
　榛名くんが５秒からカウントを始める。
　今ここで、どちらの選択をするのが正しいのかなんて、たった５秒の間で決められるわけがない。
　どんどん迫ってくるカウントに焦りを感じるけど、どうすることもできない……。

そして、5秒という短いカウントは、あっという間に終わってしまった。
「あーあ、時間切れ」
　榛名くんが、フッと笑った。
　そして。
「ひなが悪いんだよ。僕はちゃんと時間あげたのに、答えないから」
「だ、だって時間が短すぎて……」
「言い訳は聞かない。僕の気がすむまで黙ってて」
「ま、まっ……んんっ」
　唇が無理やり押し付けられた。
　最初は触れただけだったのに。
　だんだん深くなって、何度も角度を変えながら、息をするひまも与えてくれない。
「ん……っ」
　意識がぼんやりして、身体が熱い。
「……口開けて」
　酸素を求めて無意識に口を開けると、さらに深くキスをしてくる。
「い、いや……っ」
「嫌がってるようには見えないけど」
　体勢が一気に変わり、ベッドにドサッと押し倒された。
「嫌がってんなら、そんな煽るような声出しちゃダメじゃん。ますます止まんなくなる」
　そう言って、もう一度唇を塞ぐ。

さっきした強引なキスとは違って、今は優しく包み込むようにしてくる。
　甘いキスは、どこまでもわたしの心をかき乱す。
　瞳にジワリと涙がたまる。
　わたしのことを好きだと言ったのに。
　わたしに言えない何かを隠して、それを教えてくれない。
　今でも頭の中でチラつく"チサさん"という存在。
　彼女が何者で、榛名くんにとってどういう人なのかは、いまだにわからない。
　だけど、わたしの胸の中ではずっと、彼女の存在が引っかかってばかり……。
　榛名くんの気持ちは、ほんとにわたしのほうに向いているの……？
　そもそも、今のわたしは自分の気持ちがどこにあるかすら見失っていて、そんな中で選択を迫られて、おまけに無理やりキスをされて……。
　完全にキャパオーバーだ……。
　ギュッと瞳を閉じると、涙が頬を伝った。
「……なんで泣くの？」
　すると、さっきまで止まりそうになかった榛名くんの動きが、ピタッと止まった。
　そして、上から優しくわたしを抱きしめてきた。
「ひなが答えられなかったってことが、答えだって僕は受け取ったから」
　意味を聞こうとしても、うまく声が出てこない。

榛名くんはわたしの耳元でささやくように言った。
「ひなの気持ちが僕に向かないなら、こっちにも考えあるから」
　最後に、わたしの唇をなぞりながら。
「これからは僕からひなに触れたりしない。ひなが僕を求めてくるまで何もしないから」
　この言葉の意味を、すぐに理解することはできなかった。
　だけど、まさかのかたちで、知らされることになるとは、このときのわたしは思ってもいなかった。

自分の知らない感情。

あれから数日。
いつもと変わらない朝が来た。
目が覚めて、ベッドから身体を起こす。時間を確認して部屋を出てリビングに向かう。
眠い目を覚ますために、先に顔を洗い、歯を磨いた。
水で顔を洗って、さっぱりしたはずなのに、気分はなぜか、どんより重い。
鏡に映る自分は、冴えない顔をしている。
結局、あのあと榛名くんは、わたしに何も言ってくることはなく、保健室を出ていってしまった。
残されたわたしは、何が起こったのか把握できずに、1人呆然としていた。
いまだに……唇に残る感触が消えない。
変なの。
あんなキス、早く忘れてしまえばいいのに……。忘れられないなんて。
気合いを入れるために、自分の頬を軽くパチッと叩いた。
そして、朝ごはんを作るために、リビングに向かった。
朝ごはんを作り終えて、テーブルに並べていると、後ろのほうでリビングの扉が開く音がした。
誰かなんて見なくてもわかる。
家にいるのは、わたしと榛名くんだけだから。

まだ眠いのか、目をこすりながら、いつもどおり榛名くんは自分の席に着いた。
　わたしも料理を運び終えて、テーブルを挟んで、榛名くんの正面に座る。
　そして、いつもどおりの朝ごはんが始まった。
「トマト……いらない」
　榛名くんが、サラダに入っているトマトをフォークでよけて、わたしのお皿にのっける。
　まるで、この前の出来事は何もなかったかのように、いつもの仕草を繰り返している。
　わたしは、その切り替わりにまったくついていけない。
　あっという間に朝食の時間は終わり、食器をシンクに運んで洗う。
　数分後、榛名くんが食べ終わって、食器をこちらに運んできた。
　背後に気配を感じたので、食器を受け取ろうと勢いよく振り返った。
　だけど、距離感をまったく測っていなかったので、思った以上に榛名くんが近くにいた。
「わっ……!!」
　びっくりして声をあげたわたしを、榛名くんは首を傾げて見ていた。
「ごちそーさま」
　動揺したわたしとは正反対に、榛名くんは平然とした態度で食器を渡して、わたしから離れた。

自然体でいることが、こんなにも難しいなんて……。
　変なの……。
　これが普通なのに。
　わたしは、何を意識しているんだろう。
　榛名くんは、わたしに言ったんだから。
『ひなが僕を求めてくるまで何もしない』と。
　わたしから榛名くんを求めるなんて、ありえないはずだと自分に言い聞かせているのに。
　これでいいはずなのに。
　……なんだか、胸の奥がざわついた。

　それから学校へ向かい、1日の授業は、あっという間に終わった。
　なんだか最近時間の経過が早くて、気づいたら放課後になっていることが多い。
　自分の席で帰る準備をして、帰ろうとしたときだった。
　ふと、あることを思い出した。
　すぐにスカートのポケットからスマホを取り出して、スケジュールを確認した。
　あ……やっぱり。
　今日は放課後、2か月に一度ある、図書委員が全員参加の打ち合わせの日だった。
　すっかり忘れていたけど、今なぜか思い出してしまった。
　なんで、このタイミングで思い出すかなぁ……と、自分の記憶力を恨みたくなった。

打ち合わせの場所は、いつも生物室と決まっているので、カバンを教室に置いて急いで向かった。
　生物室には、もうすでにほとんどの人が集まっていた。
　わたしがいつも委員会のときに座る席は、窓側のいちばん後ろの端っこの席。
　いつもどおり座ろうと、窓側に視線を向けたけど、一瞬でそらしたくなってしまった。
　だって、わたしが座ろうとしている席の隣には、楓くんがいたから……。
　そうだ……。いつも委員会のときは、楓くんと隣同士で座っていたんだ。
　あの告白された日以来、初めて顔を合わせた。
　学年が違うから、会うことはないと思っていたのに、まさかこの機会で顔を合わせることになるとは……。
　気まずさがあって、なかなか席のほうに行けず、入り口で突っ立っていると、原田先生が来てしまった。
「成瀬どうした？　早く席に着けよ？　お前が着席したら、委員会始めるぞ？」
　周りを見ても、空いている席は楓くんの隣しかないので、仕方なく奥に足を進める。
　なるべく、楓くんのほうを見ないようにしながら、そっと隣の席に着いた。いつもは声をかけるけど、今日は声をかけられないまま、委員会が始まった。
　あからさまに避けたような態度をとってしまって、申し訳ないと思う。

だけど、今のわたしには、前みたいに接することができない。
　楓くんは、ただの後輩じゃないんだと、意識すればするほど、空回りしてばかりだ……。

　委員会は30分程度で何事もなく終わり、解散になった。
　席から立ち上がって、足早に、ここを去ろうとした。
　だけど……。
「雛乃先輩……」
　後ろからわたしを呼ぶ楓くんの声がしたけど、そのまま生物室から飛び出してしまった。
　……わたしすごく最低だ。
　聞こえていたのに、聞こえていないフリをして、無視をするなんて……。
　わたしは何に対しても、誰に対しても、こうやって逃げてばかりだ……。
　瞳に少しだけたまった涙を、自分の手で拭って、教室にカバンを取りに戻った。
　教室に着くと、もう誰もいなくなっていた。
　自分の席へ行き、カバンを手に取って帰ろうとした。
　時計を見てみれば、午後の4時過ぎ。
　このまま家に帰るか、それとも、もう少し学校にいるか。
　迷いながら教室の外に出た。
　廊下で立ったまま、窓の外を眺めて、どうしようかと考える。

……このとき、早く帰るという選択をしていればよかった。

　ガタッと、隣のクラスから何か物音がした。

　何かあったのかな……と、興味本位で隣のクラスを覗きに行ってしまった。

　そしてすぐに後悔する。

　……失敗した。

　心の底からそう思って、同時に自分のタイミングの悪さを呪いたくなった。

　胸の音が自分の耳に響いてくるくらいまで、大きくドンッと聞こえる。

　わたしの視線の先には、榛名くんと女の子がいる。しかも、2人は抱き合っている。

　何も衝撃は受けていないのに、自分の胸の音があまりに音を立てすぎて、身体全身が震えているような気がした。

　早く、この場から去らなくてはいけないのに……。

　わたしの身体は固まったまま、動こうとしない。

　視線をそらそうとしても、一点を見つめたまま、そらすことができない。

　……まるで、金縛りにでもあっているかのように、自分の身体が、どこもかしこも動かなくなってしまった。

　そしてついに、向こうにもこちらの存在が気づかれてしまった。

　榛名くんはわたしのほうを見ると、抱きしめていた女の子をゆっくり離した。

そして、その子から離れて、わたしがいる前の扉のほうに近づいてくる。
　ただ気まずくて、視線を下に落とした。
　なんだか、胸がすごく苦しくて……。
　このままだと泣いてしまいそうで……。
　グッと下唇を噛みしめた。
　すると榛名くんは、そんなわたしの顔を下から覗き込むように見てきた。
　いつもと、何も変わらない榛名くんの表情。
「ねー、ひな」
　わたしの名前を呼びながら、さっきまで抱き合っていた女の子を自分のほうに招いて、驚くことを口にする。
「僕さー、今この子に付き合ってほしいって言われたんだよね」
「っ……」
　……いやだ、と思ってしまった。
　でも、わたしはそれを口にすることはなく、黙って榛名くんから次の言葉を待つ。
　視線を女の子のほうへ向けると、榛名くんと同じクラスの涼川詩織ちゃんだということがわかった。
　真っ白な透明感のある肌に、大きな瞳。
　毛先までしっかりカールのかかった長い髪。
　女の子なら誰もが憧れるような容姿を持っている。
　男の子たちがかわいいと騒ぐ、学年でもかなりモテる子だと噂で聞いたことがある。

こんなに間近で顔を見たのは初めてだったけど、噂どおり女の子らしい顔立ちだ。
　こんな素敵な子に告白されたら、断る理由なんかあるわけない。
　もしかしたら、涼川さんと付き合うことを今ここで、わたしの目の前で宣言するつもりなのかもしれない……。
　すると、ずっと黙っていた涼川さんが口を開いた。
「わたし、ずっと前から榛名くんが好きで。もし、付き合ってくれたら、わたしなんでもするから……っ！」
　顔を赤くして、必死に榛名くんに訴えかける姿を見て、胸が痛んだ。
「ほら、僕と付き合ったらなんでもしてくれるんだって」
　なんなの、この当てつけのように言ってくるのは……。
　何も言い返すことができないわたしに、榛名くんはとんでもないことを言ってくる。
「ひなはさー、僕がこの子と付き合うの賛成してくれる？」
「な……んで、そんなことわたしに聞くの……っ」
　ようやく出た声は、震えに震えていた。
「んー、なんとなく聞いてみただけ。もしさ、ひなが付き合っちゃダメって言うなら付き合わないよ」
　な、なにそれ……っ。
　まるで、わたしを試しているみたいだ。
　キリッと榛名くんをにらんだけれど、余裕のある顔は変わらない。
「ねー、どっち？　早く答えて」

嫌だと言いたいのに、言えないもどかしさ。
　ここで、涼川さんがわたしをにらむように、きつい口調ではっきり言った。
「答えられないなら、榛名くんのことわたしに譲ってよ。あなた、榛名くんのこと好きじゃないんでしょ？　わたしは本気なの」
　どうしてわたしばかりが選択を迫られるの……？
　そもそも、榛名くんの気持ちはどうなの……？　わたしが嫌だって言ったら付き合わないなんて、涼川さんに対して失礼だとは思わないの？
　涼川さんもそれでいいわけ……？
　ずっと黙り込んでいるわたしに、榛名くんはさらに揺さぶりを仕掛けてくる。
「少しでも嫌って思うなら、嫌だって言えばいーじゃん」
　フッと笑いながら、早く自分の元に来なよって顔でこちらを見ている。
　わたしの思っていることを、すべて見透かして言ってきているんじゃないかと思ってしまう。
　榛名くんは、こういう場面での駆け引きがうまい。
　どうやったら自分が優位に立つか。押したり、引いたりするタイミングが絶妙だ。
　ぜんぶ自分の頭の中に描いたシナリオどおりに進むと思っている気がする……。
「へー、何も言わないの？」
　こんな試すようなことをするなんて、榛名くんの性格は

歪んでいる……。
　次の言葉を探そうとしても、見つかりそうにない。
「前に言ったじゃん。ひなの気持ちが僕に向かないなら、こっちにも考えあるって」
　心臓がドクッと嫌な音を立てた。
　そして榛名くんが、わたしに見せつけるように涼川さんの肩を抱いて、自分のほうに寄せた。
「それさー、ひな以外の子に相手してもらうっていう意味だから」
　心臓を思いっきり、わしづかみにされて、握りつぶされる感覚に陥(おちい)る。
　実際、胸の苦しさが自分の想像以上のもので、息がしにくい……。
　榛名くんの、わたしを試すように見る瞳も、涼川さんの勝ち誇ったようにこちらを見る瞳も、わたしの視界からすべて消してしまいたいと思うほど……。
　瞳に涙がたまり、しずくになって、ポタッと下に落ちていく。
　視界がひたすら揺れ始めて、下を向いて、ギュッと目をつぶろうとしたときだった。
　目をつぶる前に……。
　視界が突然、真っ暗になった。
　それと同時に、後ろから誰かの温もりに包まれたのがわかる。
「……泣かないでください。俺が来たから大丈夫です」

耳元で聞こえた声に、少しだけ安心してしまった。
さっき、あれだけ冷たい態度をとったのに。
どうして……？
わたしの視界は、楓くんの大きな手のひらで覆われていた。おかげで、視界から榛名くんたちを消すことができて、溢れてくる涙も見られずにすんだ。
「へー、王子さまの登場？」
榛名くんの表情は見えないけれど、口調からして呆れているように聞こえた。
もう早く、この場から離れたい……。
思わず助けを求めるように、後ろにいる楓くんの制服を少しだけ握った。
すると、そこから何かを感じ取ってくれたのか、安心させるように、空いているほうの手で、わたしの手を握った。
そして、静かな空間で楓くんの低くて、しっかりした声が耳に届いた。
「……雛乃先輩を泣かす最低な人には、俺、絶対渡しませんから」
そう言い放つと、わたしの手を引いて教室を飛び出した。
廊下に連れ出されて、無言でひたすらわたしの手を引いて歩く楓くんの後ろについていく。
廊下を歩いて、階段を上がり、着いた場所は屋上だった。
重い扉が楓くんの手によって開き、そのまま手を引かれて足を踏み入れると、扉がドンッと音を立てて閉まった。
ずっと前を向いていた楓くんが、こちらを振り返った。

そして、何も言わず、わたしを抱きしめた。
抱きしめる寸前に見えた楓くんの表情は、なぜかわたしより苦しそうだった。
「泣かないで、先輩……。俺がそばにいるから」
わたしを抱きしめる楓くんの腕が、少しだけ震えているのがわかる。
最低なわたしは、抱きしめられたまま、楓くんの背中に腕を回すことができない。
せっかく連れ出してもらったのに。
わたしの頭の中は、さっきまでの出来事で埋め尽くされてしまっている。
わたしが嫌だと言わなかったから、榛名くんは涼川さんと付き合ってしまうのだろうか……とか。
じゃあ、この前のチサさんの存在は……とか。
さまざまなことが、頭の中を駆けめぐるけど、ぜんぶ榛名くんのことばかりだっていうのが、嫌になりそう……。
あんな最低な人のことなんか、何とも思っていないはずなのに……っ。
自分の思いとは裏腹に、胸の苦しさは増すばかり。
「あの……楓くん……っ」
「……どうしました？」
「どうして、助けてくれたの……っ？　わたし、楓くんのこと避けたし、口もきこうとしなかったのに……」
「どうしても、もう一度だけ先輩と話がしたくて。それであとを追いかけたんです。そしたら偶然、さっきの場面に

遭遇（そうぐう）して。先輩が泣いてたから、思わず止めに入りました。勝手なこと……でしたか？」
　勝手なことなんかじゃない……。
　そういう気持ちを込めて、首を横に振った。
「……よかった。今は俺しかいないんで、泣くの我慢しなくていいですよ」
「なんで、そんなに優しいの……っ」
「だから、言ったじゃないですか。好きな人は特別だって」
　わたしの背中を優しくポンポンッとしてくれた。
「……もう大丈夫ですか？」
「い、今は何も考えたくない……かな」
　これ以上、いろんな憶測を並べても、いい思いはしない。
　だから、気持ちを落ち着かせるために、少しの間だけ、楓くんの胸を借りた。

　少し時間が経って、ようやく落ち着きを取り戻すことができた。
「楓くん、ありがとう……。も、もう大丈夫だから」
　わたしが声を押し殺しながら泣いていても、楓くんは何も聞いてこようとはせず、離さないでいてくれた。
　こういうところが紳士（しんし）的で、楓くんの素敵な一面だとあらためて思った。
　楓くんが抱きしめる力を緩めてくれて、わたしはいったん深呼吸をする。
　そして、近くにあった壁にもたれかかるように、その場

に座り込んだ。

 泣いたり、苦しかったりして、少し落ち着いた今、なんだかドッと疲れが出てしまい、身体の力が抜けた。

 座り込んだわたしの隣に、楓くんも同じように肩を並べて座った。
「なんか楓くんには、弱いところばっかり見せちゃってるね……」

 空を見上げながら、隣にいる楓くんには目線を合わせずに言った。
「……いいんじゃないですか。先輩が弱いところを見せるのは俺だけで」

 もし、楓くんの彼女になったら……。

 きっと、大切にしてくれて、わたしを泣かすようなことは絶対にしないだろうな……。

 楓くんは昔から気づいたら、そばにいてくれて、困っていたら必ず助けの手を差し出してくれる。

 ずっと、先輩と後輩っていう関係を崩さずに、わたしを好きでいてくれて……。

 こんなに素敵な男の子はいない。

 だからこそ、楓くんを好きになってしまえば、すべてがうまくいくはずなのに……。
「雛乃先輩……。いっこだけ聞いていいですか？」
「な、なに……？」

 何を聞かれるんだろう……と、不安になりながら返事をした。

たぶん、核心を突くようなことを聞かれるんじゃないかと直感した。
「今……誰のことを想ってますか？」
　あまりに直球すぎる質問が、わたしの胸に刺さった。
　今まで、散々自分が逃げて、出さなかった答え。
　もうそろそろ、気づいてもおかしくないんじゃないかって……。
　しっかり向き合わなかったから、気持ちがゆらゆら揺れたまま、自分の知らない感情に襲われてばかり。
　だけど、その知らない感情が芽生えるときは、いつも榛名くんが関わっているときだけだ……。
　さっきだって、今だって。
　榛名くんに乱されて、振り回されてばかり。
「不思議ですよね。人を好きになると、その人のことで、これでもかってくらい感情が振り回されてばかりで」
　楓くんの言葉に、ドキッと大きく心音が聞こえてきた。
　まるで、わたしの考えていることを代わりに口にしてくれているみたいだ……。
　一緒にいるときは、一緒にいることが当たり前で、そばにいなくなって初めてさびしさを感じたり。
　相手の意外な一面を見つけると、知らなかったことを知ることができて、少し嬉しくなったり。
　普段から、面倒くさがりやで、自分のやりたい放題にやるくせに。
　意外と心配性だったり、優しかったり……。小さい頃の、

わたしが忘れてしまっていたことを、すべて覚えていてくれて……。ずっと一途にわたしを想っていてくれて……。
　その人が自分以外の人を見ていると思うと、胸の奥がなんだか騒がしくなって、張り裂けるように苦しくなったりする。
「今、先輩は誰を思い浮かべました？」
　思い浮かべたのは、たった1人。
　大っ嫌いだったはずなのに……。
　今のわたしの感情をすべて支配している。
　悔しいくらいに……榛名くんのことでいっぱいだ。
「たぶん、今思い浮かべた人が……雛乃先輩の好きな人だと思いますよ」
　その声に思わず視線を隣に向けた。
　そして、目が合った。
　楓くんの表情は、無理して笑っているように見えた。
　あぁ……、なんで今さら気づいたんだろう。
　しかも、いちばん言わせてはいけない人に、その答えを導いてもらっているわたしは、どこまでも最低だ……。
　楓くんは、今どんな気持ちで、わたしにこのことを伝えてくれているんだろう……。
　もしわたしが逆の立場だったら、今この場で、表情を崩さずに相手に伝えることはできなかったと思うのに……。
「悔しいけど、たぶん……それは俺じゃないですよね」
　わたしに泣く資格はないのに……。
　今の楓くんの笑顔の中にある、悲しい瞳をとらえてし

まったから、涙が出てきた。
「泣かないで、先輩」
　楓くんが優しく指で涙を拭ってくれた。
「ご、ごめんなさい……っ、わたし……っ」
「謝らないでください。先輩は、何も悪いことしてないですよ」
「だ、だって……」
「ほんとは、こんなふうに助言するつもり、なかったんですから」
「え……？」
「雛乃先輩は恋愛に鈍感だから、もしかしたら自分の気持ちがわからなくなっているんじゃないかなって。だから、曖昧なままになって、俺を頼って、好きになってくれればいいのに……なんて。そう思ってた俺って、最低ですよね」
　そのまま楓くんは話し続ける。
「俺のことを好きになってほしい気持ちだけ、先走っちゃって」
「そ、そんなこと……」
「さっき、教室で榛名先輩に選択を迫られているときの雛乃先輩の表情を見て確信したんです。たぶん嫌だけど、嫌だって言えないんだって。好きだけど、その気持ちに自分でもうまく気づけていないのかなって。俺の勝手な解釈ですけどね」
　楓くんが言葉にしたことが、すべてさっきの自分に当てはまっている。

わたしが単純でわかりやすいのか、それとも楓くんが鋭いのか……。
「たぶん、あそこで俺が割って入らなかったら、榛名先輩はもっと仕掛けてくると思ったから。これ以上、雛乃先輩に苦しい思いをしてほしくなかったから」
　楓くんは、わたしが気づけていないことまで気づいていて、しかもその先を読んで、行動してくれた。
「さっきは勢いで、雛乃先輩を泣かせるような人には渡さないって言ったけど、そもそも俺のものでもないのに、なに言ってんだって話ですよね」
　重い雰囲気を吹き飛ばすように、楓くんが軽く笑った。
「なんか俺がいろいろ喋りすぎましたね。しかもめちゃくちゃ空気重くなったし」
　フゥッと、楓くんはひと息吐くと、わたしの手を取って、その場から立ち上がった。
　お互い正面に向き合って、少し上を見れば視線がしっかり絡み合う。
「自分の気持ちには正直にならないと、絶対後悔します。もし、今好きだって気づいたなら、手遅れにならないうちに、想いを伝え……」
「む、無理……だよ……っ」
　とっさに遮ってしまった。
　せっかく、楓くんが自分の気持ちを押し殺してまで背中を押してくれているけど、もう榛名くんは……。
「どうして？」

「だって……榛名くんは、わたしのことなんて好きじゃない……っ」
「それは本人に確かめないとわかんないですよ」
「さっき、わたしじゃない子と付き合うって言ってたから。だから今さら……」
「たぶんそれ、本心じゃないと思いますよ。あの人、俺に対して雛乃先輩は絶対渡さないって態度だったし。そう簡単に引くような人には見えないし」
「それは、わたしにはわからないけど……」
「多少強引な手を使ってでも、振り向いてほしかったのかもしれないし。……って、俺はなんでまたアドバイスなんかしちゃってるんですかね。好きな人が、自分とは違う人を好きになってるのに、その背中押してるとか」
　……その言葉にハッとした。
　わたしって、どこまでバカで、気が回らないんだろう。
　楓くんは、わたしのことを好きだと言ってくれているのに。そんな人に、他の人への気持ちの相談に乗ってもらって、おまけにアドバイスまでもらうなんて。無神経にもほどがある。
「か、楓くん……あの、ごめんなさ……」
「だからー、謝るのやめてくださいって。それ以上謝ったら、その口塞ぎますよ？」
「へ……っ？」
「なーんて、冗談ですよ。雛乃先輩が嫌がることはしないって決めてるんで」

おかしそうに笑っていた。
　そして、笑っていた顔から一変し、急に真剣な顔をして言った。
「俺は雛乃先輩には幸せになってほしいし、笑ってほしいから」
「それじゃ……楓くんの気持ちが……」
「俺のことなんて考えなくていいんですよ。自分の幸せだけ考えて行動してください。それで、また俺に笑ってください。先輩が笑ってくれたら俺も幸せですから」
　こんなことが言える楓くんは、わたしよりもはるかに大人だ。
　誰もが自分本位で動いている中で、人の幸せを願うことは、なかなかできないことなのに……。
「ただ、すぐに元の先輩と後輩の関係に戻るのは時間かかるかもしれないですけど……。それでも今までどおり、俺と接してくれますか?」
「そんなの、当たり前だよ……っ」
「じゃあ、もう泣かないで、謝るのもナシにしましょ?」
　優しく、ふわっと笑ってくれた。
　きっと、楓くんの想いはこれから先も忘れることはなく、わたしの胸にしっかり残ると思う。
　最後まで、楓くんの優しさに救われた。

やるせない思い。

　榛名くんを好きだと自覚してから数日が過ぎた。
　もうすぐ夏休みに入るから、周りは浮かれている子ばかりで、授業もほとんど自習に近い状態になっている。
　少し前にあった期末テストは惨敗に終わった。このままだと、いつか補習の対象になってしまうかもしれない。
　本来なら、5時間目は英語の授業のはずだったのに、自習の時間になった。
　先生が教室にいないのをいいことに、クラスの子たちはみんな仲のいい子同士集まって、机をくっつけて話をしている。
　わたしも勉強をする気はまったくないので、ボーッと窓の外を眺めていたら、杏奈がこちらにやってきた。
　わたしの隣の席の子は別のグループにいるから、誰もいない。杏奈は、そこに座った。
「さて、雛乃さん。最近、進展は何かあった？」
　頬杖をついて、こちらを見ながら、何かあったでしょ？と言わんばかりの表情をしていた。
　この状況で嘘をついても見破られる。だからすべてを打ち明けることにした。
「榛名くんのことが好き……みたいです」
「うん、だろうね」
　間髪入れずに答えを返してきたことに少し驚いた。

まるで、すべてわかっていたかのようだ。
「……杏奈は気づいてたの？」
「そりゃーね。雛乃わかりやすいし、すぐに顔とか態度に出るからねー。やっと自分の気持ちに気づいたかって感じ」
　わたしって、そんなにわかりやすいのかな？
　……だとしたら、榛名くんにも気づかれていたりするのかな？
　今さらそんなことを考えても、もう遅いのに。
　たぶん、榛名くんは涼川さんと付き合うことを決めたんだから……。
　結局、そうなってしまった原因は、ほぼわたしにあるのかな。もっと早くに、榛名くんが好きだということを自覚していたら、失わずにすんだかもしれないのに。
　それから、今まであった経緯を、すべて杏奈につつみ隠さず話した。
「立川くんは雛乃のために身を引いたのかー」
　すべて話し終えると、杏奈は眉間にしわを寄せながら、複雑そうな顔をしていた。
「いい子すぎじゃん。なかなかそんなこと自分から言えないよ？　そこで強引に、雛乃のこと奪うくらいのこと言って、キスしちゃえばよかったのにさー」
「ちょっ、そんな軽く言わないでよ……」
「まあ、立川くんいい子だから、そんなことしないだろうけどさ。まさか雛乃の気持ちを優先して、応援するために後輩のままでいるって言ったのはびっくりだよねー。普通

は言えないし」
「うん……」
　あの日から楓くんとは学校では会わないし、連絡も取っていない。
　もうすぐ夏休みに入るから、ますます会う機会は減る。
「んで、雛乃はどうするの？　せっかく立川くんが身を引いてくれたんだからさ。それに応えるために何か行動するの？」
「行動って……？」
「んなの決まってるじゃない。榛名くんに好きって伝えること」
「そんなの……もう無理だよ。遅いよ」
　たしかに、楓くんは自分の気持ちを犠牲(ぎせい)にしてまで、わたしの背中を押してくれたけど……。
　でも、もう榛名くんはわたしのことなんて好きじゃない。
　わたしに向いていた気持ちは、涼川さんに向いてしまっている。
　榛名くんが、わたしに好きか嫌いか答えてと聞いてきたとき、何も言えなかったわたしに榛名くんは言った。
　わたしが答えられなかったことが答えだって。そして、わたしの気持ちが自分に向かないなら、考えがあると言っていた。
　そのときは、言っていることが理解できなかったけど、今ならわかる。
　きっと、それはわたしへの気持ちを切り捨てて、他の子

へ気持ちを向けるということ。
　あの日、榛名くんはわたしに「この子と付き合ってもいい？」と聞き、わたしに選択を迫って、反応を見ていたに違いない。
　どうして嫌だと言えなかったのか。
　今さら後悔しても仕方ないのはわかっているけど……。
　わたしがずっと黙り込んでいたので、会話が途切れてしまった。
　すると、わたしたちの後ろの席にいる女子たちのグループの話が聞こえてきてしまった。
「今度さー、７月のラストの日に夏祭りあるじゃん？」
「あー、あるね」
「あれさー、詩織と榛名くん２人で行くらしいよー？　詩織が誘ったみたい」
「へー。榛名くん、オーケーしたの？」
「オーケーしたんじゃない？」
　聞くのが嫌で、とっさに自分の手で耳を塞ぐ動作を取ってしまった。
　わたしたちの住む地域では毎年、７月の最後の日に夏祭りがある。大きな花火があがることで地元では結構有名。
　ほとんどの人が毎年参加をしている。
　わたしは毎年杏奈と２人で行っている。去年も浴衣を着て行った。
　榛名くんは、そこに涼川さんと行くんだ……。
　自分が想像している以上に、今の会話の打撃が大きかっ

たみたいで、重苦しい気分になった。
　女子たちの会話の先を聞きたくなくて、意識を他に向けようとしたら、杏奈が口を開いた。
「いいの？　榛名くん、取られちゃってるけど」
　やっぱり杏奈も会話を聞いていたみたいで、ストレートに問いかけてきた。
　その問いかけに、声を振り絞るように答えた。
「……だ、だって、どうすることもできないし」
　きっと今のわたしは、泣きそうな顔をしているに違いない。それを見られたくなくて、自然と顔が下に向いてしまう。
　ここでわたしが嫌だと言ったところで、何も変わらないのは事実だから……。
「ふーん？　じゃあ、夏祭りは今年もわたしと参加でいいの？」
「……うん」
「ったく、素直じゃないんだから。んじゃ、その日空けといてね」
　杏奈の口調は少し呆れたようだった。
「うん……わかった」

　その日の晩ごはんの時間。
　いつもと変わらず、榛名くんがテーブルを挟んで正面に座っている。会話はなく、お互い目も合わせず、気まずい空気が流れている。
　目の前に並んでいる、せっかく作った料理もなぜか味が

しないように感じて、美味しくない。ただ、口に運んでいるだけ。

最近のわたしたちは、いつもこんな感じで。

前は一緒にいて落ち着くような、いてくれないとさびしく感じていたのに。なぜか今は、２人っきりでいる空間が、息苦しく感じてしまう……。

あまりの静かさに耐えきれず、思わず近くに置いてあったテレビのリモコンを手に取り、電源ボタンを押した。

時刻は６時半を少し過ぎた頃。

まだ、どのチャンネルもニュース番組の時間帯。

たまたまつけたチャンネルは、地元の特集などを取り上げる番組だった。

テレビの画面に流れてきた映像に驚いた。今日、杏奈と話していた地元の夏祭りのことが取り上げられている。

去年の打ち上げ花火の映像が流れていて、今年も開催(かいさい)されるという、ニュースというより告知のような内容だった。

なんでこのタイミングで。

榛名くんのほうをチラッと見ると、テレビのほうを見ていた。

わたしはすぐに別のチャンネルに変えたけど、結局テレビの画面を消してしまった。

こんなことになるなら、最初からテレビなんかつけなければよかった。

リモコンをテーブルに置いて、再び箸を進めようとしたとき。

「ひな祭り行く？」
　突発的に聞かれ、思わず視線を榛名くんのほうに向けると、しっかり目が合った。
　表情ひとつ変えない榛名くん。
　わたしの頭の中では、自習の時間に聞いた会話が流れている。やっぱり、榛名くんは涼川さんと行くつもりなんだろうか……。しょせん噂だから、ほんとかどうかなんて定かじゃない、と自分に言い聞かせていたけど……。
　胸のざわつきが、さっきよりひどくなった。
「榛名くんは誰かと一緒に行くの？」なんて、口が裂けても聞けない。でも、ずっと黙っているのも不自然なので答えようとしたら、その前に榛名くんが口を開いた。
「……黙り込むってことは、僕に言えない相手とでも一緒に行くんだ？」
　自分から聞いてきたくせに、その声には抑揚がなかった。
　表情も、興味がなさそうな、冷たい顔をしていた。
　胸が痛んだ。
　今のわたしは榛名くんにとって、なんの興味もない存在なんだ……。榛名くんのわたしへの気持ちなんて、しょせんその程度のものだったと言われているみたいだ。
　ここで素直になれたらいいのに。
「……別に、榛名くんには関係ないでしょ……」
　強がって、思ってもいないことを口にしてしまうんだから。声の震えを抑えるのに必死。
　榛名くんは、そんなわたしとは正反対に落ち着いていた。

「ははっ……そーだね。今の聞かなかったことにしといて。大して興味なかったし」

　落ち着いた声のトーンで雑に言うなり、そのまま席を離れた。

　こんなことで、いちいち傷ついていたって仕方ないって、わかっているのに。

　ジワリと瞳に涙がにじむ。

　わたしの涙腺ってやつは、最近どうも緩くて、すぐに視界が涙で揺れてしまう。

　自分が誰かを好きになって、その人を想って泣いたりするなんて、前のわたしには考えられなかった。

　自分の気持ちに素直になることが、こんなにも難しかったなんて……。

　何も伝えることができなくて、ただ唇をグッと噛みしめるしかできなかった。

　あっという間に夏祭り当日になった。

　朝起きて、スマホを確認すると、杏奈からメッセージが届いていた。

　午後の3時に杏奈の家に集合という、今日の夏祭りの連絡。【わかった】と、ひと言だけ返信をして、準備を始める。

　今年は浴衣を着ないことにしたし、髪やメイクは杏奈がやってくれるらしいから、何もかもお任せの状態。

　ある程度の身支度をすませ、お昼を軽く食べて、少し早めに家を出た。

杏奈の家まで歩いて15分くらい。
　外に出ると太陽がまぶしくて、とても暑い。少し外にいるだけで、じんわり汗が出てくる。その暑さに耐えながら、杏奈の家に早足で向かうと、10分ほどで着けた。
　インターホンを押すと、杏奈はすぐに出てきてくれた。
　準備までいったん休憩ということで、杏奈の部屋でゆっくりすることになった。
「はい、これお茶ねー」
「ありがとう」
　部屋で座って待っていると、杏奈がお茶を持ってきてくれた。
　夏祭りが始まるまで、まだ時間に余裕があるなぁと思って、ゆったりお茶を飲んでいると。
「ねー、雛乃」
「んー、なぁに？」
「ちょいとスマホを貸してごらん」
「え？」
　何を言うのかと思えば。
　よくわからなくて、はてなマークを頭に浮かべながら杏奈のほうを見る。
「いいこと思いついたからさ？　せっかくだから、今日それを実行しようと思って」
　いや、だいぶ説明不足すぎじゃない？
　もっと内容を詳しく教えてよ、と言う前に、テーブルの上に置いてあったわたしのスマホが、杏奈の手に渡ってし

まった。
「はーい、ちょいと借りるよ」
「ええ、ちょっと変なことしないでよ？」
「しないしないー。はい、ロック解除して」
「もう……」
　こうしてスマホを奪われて、杏奈が何やらコソコソやっている。
　お茶を飲みながら、その様子を見ているしかなかった。
　そして、数分してスマホがわたしの手元に戻ってきた。
「な、何したの？」
「んー？　ちょっと情報もらっただけ」
　怪しげな目で杏奈を見ながら、すぐにスマホを確認してみるけど、これといって変わったところはない。
「変なことしてない？」
「してないしてない。安心しなさい、いいことしかしてないつもだから」
　杏奈は、ふふっと楽しそうに……というかイタズラをしようとしている、そんな顔をしていた。
「さーて、少し早いけど、もう準備始めよっか」
「ええ、もう!?」
　時刻は４時を過ぎたばかり。祭りに向かうのは、６時過ぎの予定なのに早すぎない？
「なに言ってんの。これくらいの時間は必要なの。少し余裕持って用意したほうがいいでしょ？」
「ええ、にしても早すぎるような……」

「はい、文句は受け付けません。ほらさっさと準備するよー」
「は、はぁい……」

　杏奈の言ったとおり、準備を終えると夕方の５時半になっていた。
　杏奈に髪を巻いてもらって、上に１つでまとめてもらって、軽くメイクをしてもらった。
　全身が映る鏡の前に立つと、自分がいつもと違いすぎてびっくりしている。
　ちなみに服は、夏らしく白の透け感のあるブラウスに、ネイビーの丈が少し短いスカートを合わせた。
「うん。雛乃はやっぱり素材がいいから、そんなにメイクしなくてもいいね」
　わたしの隣に立って、杏奈は満足そうな顔をしていた。
「何から何までやってくれて、ありがとう……！」
「いえいえー、どういたしまして」
　わたしのことをやってくれたのは、とてもありがたいんだけれど……。わたしとは正反対に、杏奈は自分の準備をまったくしていないような。
「あの、杏奈さん？」
「なに？」
「杏奈は準備しなくていいの？」
「んー？　わたしなんか、いつもどおりテキトーでいいのよー」
　ええ、なんかそれだと、わたしだけがめっちゃ気合い入っ

てるみたいじゃん。
「大丈夫だから。ってか、今日は雛乃がかわいければそれでいいの。はい、じゃあ出かけるよー」
「ええ、ちょっ!」
　結局、杏奈はメイクも軽くしかしていない。
　Tシャツにジーパンというラフな格好。
　隣に並び歩いて、めちゃくちゃ温度差を感じると思いながら、夏祭りの場所まで向かった。
　着いてみると、6時半を過ぎていて、もうすでに人がすごいことになっていた。
「うわー、すごい人。こりゃ少しでも目を離したら、はぐれるわねー」
「そ、そうだね」
　人の多さにギョッとしながら、とりあえずお腹がすいたので、屋台で何か買って食べることにした。
　しかし、屋台も人がすごくて、目的のものを買うのに何十分も並んだりした。それに加えて、空いているベンチを探したりしていたら、気づいたら空が暗くなり始めていた。
　屋台では無難に焼きそばを買って、ようやく空いているベンチを見つけて座ることができた。杏奈と2人で焼きそばを食べ終えて、しばらく座っていると、杏奈のスマホが音を鳴らした。
「はぁ、やっと連絡来たわ。ったく、遅すぎ」
「?」
　スマホで誰かからの連絡を確認したみたい。

誰かと約束でもしているのかな？
けど、他の子が来ることは聞いてないしなぁ。
すると、隣に座っていた杏奈が突然立ち上がった。
そして、いたずらっぽく笑いながら、わたしのほうを見ていた。
「わたし、ちょっと飲み物買ってくるわー」
「え、それならわたしも……」
「いいよ、わたし１人で。雛乃はここで待ってて？　絶対ここから動いちゃダメよ？」
　最後に思いっきり釘(くぎ)をさしてきたので、仕方なく１人で待つことにした。
　１人ポツーンと取り残されたわたしは、ベンチに座りながら、目の前を歩いていく人たちを見ている。
　小学生くらいの子が、お面をかぶって走っている。ほかにも家族で来ている人たちや、友達同士で来ている人たち。
　そして、仲がよさそうに手をつないでいる彼氏と彼女。
　いちばん視界に入れたくなかった。
　嫌でも榛名くんと涼川さんの２人が浮かぶ。２人もあんなふうに、手をつないだりして、一緒に花火を見るんだろうか……。
　せっかく忘れかけていたことだったのに、思い出してしまって気分が落ち込んだ。
　とりあえず見ないように、俯いた。
　それにしても、杏奈はどこまで飲み物を買いに行ったんだろう？　もう15分は過ぎているのに、戻ってくる気配

がない。
　わたしが座っているベンチのそばには自販機があって、そこで買えばすぐに戻ってこられるはずなのに。屋台でしか買えないものだったのかな。
　周りを見渡しても杏奈の姿は見当たらない。
　心配してメッセージを送っても返ってこない。
　とりあえず探してみたほうがいいかもしれない、と思って歩き出したときだった。
　後ろからパシッと手首をつかまれた。
「ねぇ〜、キミ、今１人？」
　その声に振り返ると、２人組の男の子がいた。
　パッと見、わたしと同じ高校生くらい。
　見た目がすごく派手で、容姿だけで判断するのはどうかと思ったけれど、絡まれると厄介な人たちだと直感した。
　そのまま無視して歩き出そうとしたけれど、つかんだ手首を離してくれない。
「え〜、無視とかひどくない？」
　そう言いながら逃がさないように、もう１人がわたしの前を塞いだ。
　２対１、ましてや、相手は男の子２人だし。
　わたしがどうにかして、力でかなう相手じゃない。
　怖くなって、瞳に少しだけ涙がたまる。
　かといって、抵抗しないと何をされるかわからないので、つかまれた手首を振り払おうとするけど、ビクともしない。
「は、離して……っ」

声を出して必死に訴えかけて、2人をにらんだ。
　だけど、どうやらそれは逆効果だったみたいで。
「うわー、にらんだ顔もかわいいねー」
「しかも涙目でにらんでくるとかそそられるねー」
　……なんなの、この人たち。
　こっちをニヤニヤ見る顔が気持ち悪くて仕方ない。
「ねー、俺たちといいことしない？」
　この人が言ってる"いいこと"が、まさかほんとにいいことなわけがない。それくらい、バカなわたしでもわかる。
「い、嫌……です、離して……っ」
　何度も抵抗して、嫌だと言っているのに、2人は一向に引く様子を見せない。
「あんまさー、抵抗されると無理やりにでも連れていくよ？」
「そうそう。おとなしくしてたらかわいがってあげるからさー？」
　ついに、力ずくでわたしの手を引いて、人通りがないところに連れていこうとする。
　もう無理かもしれないって、諦めかけたときだった。
「ねー、そこの人たち。その子はやめといたほうがいーよ」
　すごく嫌味な声が聞こえてきた。
　だけど一瞬、安心してしまった。
　声がしたほうを振り向こうとしたら、その隙も与えてくれず、後ろから身体ごと引き寄せられ、抱きしめられる。
　その腕は紛れもなく、榛名くんだった。

な、なんで、ここに……榛名くんがいるの……？
　この状況が、いまいち理解できていないわたしを差し置いて、榛名くんは話し続ける。
「この子、すごく性格悪いんで、やめといたほーがいいですよ？」
　さ、さっきから異常なまでに嫌味を言われているんですけど……。
　ヒーローみたいに助けに来てくれたのかと思えば、嫌味満載なことばかり言われて、とても複雑な気分。
　あ……でも昔、榛名くんがこうやってわたしを助けてくれたことがあった。
　幼稚園の頃、男の子相手にケンカをしたわたしを助けようとして、結局ボコボコにされて、泣きながら悔しそうに倒れていた榛名くん。
　そういえば、同居が決まった日、お母さんが懐かしそうに、この話をしていたような気がする。
　そのときは、聞き流していたけど。
　そうだ……。図書室で初めて榛名くんと出会ったときに、倒れるように寝ていた榛名くんを見て感じた既視感は、たぶんこのときのだ。
　すぐに思い出せなかったけれど、幼いながら、自分を守るのに必死になってくれていた榛名くんの姿は、しっかり記憶に残っていた。
「んだよ……彼氏持ちかよ」
「だったら、最初から言えよな」

２人組の男の子たちは榛名くんのほうを見て、かなわないと思ったのか、悔しそうにそんなセリフを吐いて、人混みに消えていった。
　いや、というか彼氏じゃないんですけど……。
　って、今はそんな余計なことは言わなくていいか。
　この状況にどうしたらいいかわからず、ただ榛名くんに抱きしめられたまま固まっていると。
「……ちょっと来て」
　若干呆れた口調で榛名くんが、わたしの手を強く引いて、人の波をかきわけていく。
　そんな榛名くんに、ただ黙ってついていった。

好きなら伝えてしまえ。

　人混みの中を歩き続けること数分。
　ひとけのない場所に連れてこられた。
　歩いているとき、榛名くんはわたしのほうを向こうとはせず、無言で、ただひたすら手を引いて歩いていた。
　そして今、ようやく立ち止まり、こちらを振り返った。
　シーンと静まり返ったこの空間と、榛名くんと２人っきりになっている状況のせいで、一気に緊張が走る。
　榛名くんはわたしを見つめたまま、何も言ってこない。
　さっきからつかんでいる手も離そうとはせず、さらにギュッと握ってきた。
　その動作に胸がキュッと縮まって、好きという気持ちが、さらにブワッと溢れてくる。
　……たぶん、今のわたしの顔は赤い気がする。
　好きと気づいてしまったら、意識せずに接することなんて、器用なことはできない。
　自分がここまで単純で、わかりやすいタイプだとは思っていなかった。
　……全然余裕がない。
　そんな中、先に口を開いたのは榛名くんだった。
「……なんで他の男に言い寄られてんの？」
　第一声はとても低く、明らかに機嫌が悪いことがわかる。
「し、知らないよ……。声かけられて、気づいたら逃げら

れなかったんだもん……」
　そう言うと、さらに不満そうな顔をしながら、眉間にしわを寄せてこちらを見ている。
「……はぁ、ほんと腹立つ」
　榛名くんは自分の髪をくしゃくしゃとした。
　そして、握っていた手をグイッと引き、わたしを抱きしめた。
「なんで……抱きしめるの？」
　わたしの問いかけを完全に無視して、強く抱きしめてくるから心臓に悪い。
　身体が密着して、これでもかってくらい、心臓がトクトクと音を立てているのを感じる。
　さっきから、自分の耳元で大きく聞こえてくる胸の音は、自分の胸の音かと思っていたら、それは違った。
　榛名くんの胸元に耳をあてると、さっきから聞こえてくるのと同じリズムの鼓動。明らかに速い。
　それと、今まで気づかなかったけど、榛名くんの身体がだいぶ熱かった。
　汗をかいていて、呼吸も少し乱れている。
「あの、榛名くん……大丈夫？」
「……なんで心配すんの？」
「いや、なんか汗かいてるし、心臓の音すごい速いし……」
「そりゃ、焦って走ったし」
「え、走ったの？」
　珍しい。

榛名くんは常に自分のペースで動く人だから、慌てている姿はあまり見たことがない。
「……変な人からいきなり電話で、雛乃を夏祭りの場所に１人置いてきたって。電話がかかってくる前にメッセージも来た」
「変な人？」
　いったん身体を離して、送られてきたメッセージを見せてくれた。
【かわいい雛乃を他の人に取られたくなかったら、早く来なさいバカ王子】
　こ、これは……もしや、杏奈の仕業か……!?
　すぐに差出人のアイコンを見たら、やっぱり杏奈のものだった。
「誰、この人」
　榛名くんが、かなり不機嫌そうな顔をして聞いてきた。
「わ、わたしの友達です」
「なんでひなの友達が僕の連絡先知ってんの？　教えた覚えないんだけど」
「あっ……」
　そういえば、さっきわたしのスマホいじってたな、あの人……。まさかそのときに、榛名くんの連絡先を……。
　杏奈ならありえる。
　それに今思い返せば今日の杏奈は、何やらイタズラを企んでいるような顔ばかりしていた。
　ま、まさか杏奈、飲み物を買いに行ったまま、帰ったの

か……!?
　すぐに自分のスマホを確認すると、1通メッセージが届いていた。
【王子はお迎えに来たー？　わたしは帰るから、あとは2人でね。ちゃんと気持ち伝えなさいよー？】
　あぁぁ、やっぱり……。
　まんまと杏奈の作戦にはまってしまった。
　ガクッとうなだれた。
「杏奈が、わたしのスマホから、勝手に榛名くんの連絡先を盗んだみたいです……」
「へー。それで僕にこんなメッセージを送ってきたわけ？」
「そうみたいです……」
　まさか、榛名くんが来るなんて思ってもいなかったから、今のわたしはプチパニック状態。
　とりあえず、何か話そうと思っても、話題が見つかりそうにない。
　そんなわたしに対して、榛名くんはとても落ち着いているように見えた。
　のも、つかの間。
「はぁ……なんか、ひなに振り回されてばっかで疲れた」
「え……？」
「誰のせいで、こんな必死になって、焦ってると思ってんの？」
「……？」
「なに、そのとぼけた顔。鈍感バカひな」

「ど、鈍感バカって……」
「僕が助けに来なかったら、どーなってたか、わかってんの？」
「危なかった……です」
　はぁ、とため息をついて、頭を抱えながら、榛名くんは話し続ける。
「ひなが１人でいるって聞いて、心配になって焦るし。どこにいるかわかんないし。んで、ようやく見つけたと思ったら、男に連れていかれそうになってるし」
「……え、わたしのために心配して来てくれたの？」
　まさかそんなことある？って思う自分と、もしそうなら、わたしのために駆けつけてくれたことが、嬉しくてたまらない自分がいる。
「ひなだから来たんだよ、バーカ」
　そう言って、わたしの頭を拳で軽くコツンってした。
　な、なんで……？
　急に冷たくして、突き放して、わたしに他の子と付き合っていい？なんてイジワルなことを聞いたりして。
　きっと今日だって、涼川さんと約束して、２人で過ごす予定だったくせに。
　それなのに、今になってこんなこと言うのは、ずるいと思う。
　振り回されているのは、こっちだって言い返してやりたいくらい。
「ずるいよ……榛名くん」

胸の中で思っているだけだった言葉を、無意識に口にしていた。
　すごく、小さな声だった。
　すぐにハッとして、ごまかすように下を向いた。
「ずるいって何が？」
　聞こえていなければよかったのに……と思ったけど、これだけ静かな場所だと、小さな声でも拾われてしまう。
　榛名くんからの問いかけに答えようにも、なんと答えたらいいのか、言葉が見つからない。
「……ちゃんと答えてよ、ひな」
　いつもより優しい声で聞いてくる。
　そして、榛名くんの大きな手のひらが、わたしの両頬を包んで、無理やり顔を上げられた。
　思わず逃げ出したくなるくらいに距離が近い。
　もう、今この瞬間に、榛名くんへの気持ちがぜんぶ溢れてきてしまいそう。
　たぶん、一度自分の気持ちに抑えがきかなくなったら、止められない気がする。
「榛名くんは……もう、わたしのことなんて好きじゃないんでしょ……っ？」
　瞳にじんわり涙がたまってきて、声が震える。
　涙と一緒に、感情のコントロールができなくなってしまった。
「……なんでそう思うの？」
　答えに詰まって、黙ろうとするけど、榛名くんの表情は

早く答えてと言わんばかり。
「だって……涼川さんと付き合ってるんでしょ……？　わたしに聞いたじゃん……、付き合ってもいいかって。今日だってほんとは2人で会う約束してたんでしょ……っ？」
　ついに、涙が頬を伝った。
　榛名くんが他の女の子を想ってるって、考えるだけで、こんなにも胸が締めつけられるなんて。
　他の子なんて見てほしくないって、自分勝手なことばかり思ってしまう。
　自分がまさか、こんなにも榛名くんでいっぱいになっていたなんて……。
　悔しいくらいに、好きで、好きで仕方ない。
「僕が他の女の子と付き合うの、嫌？」
「……っ、いや……」
　この前は言えなかった言葉が、今はすんなり……ではなかったけど出てきた。
「……なんで？　理由教えて」
　理由は1つしかない。
　好きだから……なんて簡単なことなのに。
　伝えることができたらいいのに。
　臆病なわたしは、次の言葉を発することができない。
　また……逃げてばかりだ。
　楓くんのときだって、散々逃げて、避けて、最終的に気持ちに応えることができなくて、最低な断り方をした。
　もし、今ここで榛名くんから逃げて、想いを伝えなかっ

たら確実に後悔する。
　伝えなくて後悔するより……、伝えて後悔したほうがいい。
「……っ、き……だから」
　せっかく気持ちを決めて好きと言ったのに、途切れてしまった。おまけに声が小さすぎて、語尾しかはっきり伝えられなかった。
「ん？」
　やっぱりうまく聞き取れなかったみたいで、榛名くんは首を傾げている。
　あぁ、もう……。
　ぜんぶ伝えて、どうにでもなってしまえ。

「……榛名くんのことが、好き……っ」

　その直後、夜空に大きな花火が打ち上げられた。
　ドンッと大きな音を響かせ、暗かった周りが明るくなり、夜空には色とりどりの花火が見えた。
　……今のはもしかしたら、タイミングが悪かったかもしれない。
　今度こそはっきり好きと言えたものの、ギリギリ花火の音と重なってしまって、榛名くんの耳に届いていないかもしれない。
　心配して、榛名くんの顔を見た。
　さっきまで薄暗くて、あまり見えなかった榛名くんの表

情は、打ち上げられている花火の光のおかげでよく見える。
　少し驚きながらも、すぐにフッとイジワルそうな笑みを浮かべながら。
「……やっと言った」
　満足そうな表情をして、愛おしそうな瞳をして、こちらを見つめてくる。
「……へ？　ど、どういうこと……？」
　告白が通じたのか、よくわからない榛名くんのセリフに困惑する。
「やっぱ引いて正解だったなって」
「……？」
　引いて正解……？
「ひなはバカだし、鈍いし、僕がどんだけ攻めてもダメだったじゃん。だから引いてみた。押してダメなら引いてみろってやつ？」
「え？　いや、えっと……ちょっと、意味がよくわからない……」
　わたしがまだ話している途中だっていうのに、榛名くんの綺麗な顔が近づいてきて、唇が触れる寸前でピタッと止まった。
　おでこをコツンと合わせて、目があって、めちゃくちゃ恥ずかしい……。
「あー、やっとひなが僕のものになった」
「え……？」
　ちょ、ちょっと待って。

今、榛名くんさらっとすごいこと言わなかった？
「僕のものになったんだから、好きにしてもいいよね？」
「へ……、ちょ、ちょっと待って……!!　僕のものになったってどういうこと？」
　よくわからないので聞いてみたら、榛名くんが、なに言ってんの？って顔でこちらを見てくる。
「そのままの意味だけど」
「え、いや、えっと、そのままとは……」
「だって、ひな言ったじゃん。僕のこと好きって」
　ストレートに好きという単語を言われて、異常なまでに恥ずかしさに襲われる。
「そ、そりゃ……言いました……けど」
「まさかここにきて、よくわからず好きって言いましたとか言わないよね？」
「それは大丈夫……です」
　さすがによくわからなくて好きと言うほど、わたしもバカじゃないと思う。
「じゃあ、続きしてもいい？」
「つ、続きって……」
　今度は無視されて、唇が重なった。
　夜空に打ち上げられる花火の音なんて、もう聞こえない。
　触れた瞬間、意識がすべて榛名くんに持っていかれた。
　思わずギュッと目をつぶった。
　優しく、そっと触れるだけのキス。
　たった一度のキスで、わたしの頭の中はパンク寸前。

そして、ゆっくり唇が離れた。
　つぶった目をそっと開こうとしたら、息をするひまもなく、再び重なってきた。
「んぅ……っ」
　さっきしたのより、だいぶ強引で、唇の感触を確かめるようなキスに、身体が痺れてくる。
　思わず榛名くんの服の裾をギュッと握る。
　息が続かなくて苦しいのに、甘くてとろけちゃいそう。
　……なんて、変な感覚だ。
「も……う、ダメ……っ」
　キスに身体がついていかなくて、膝がカクッとなって、身体のバランスを崩した。
　とっさに榛名くんが支えてくれた。
　そのまますべてをあずけようかと思ったのに、榛名くんはとんでもないことを言ってくる。
「……足りないから、もっとしていい？」
　わたしの身体を支えたまま、耳元でそんな悪いささやきが聞こえてきた。
「も、もう無理……！」
「僕もひなが足りなくて無理」
　抵抗なんてするひまはなくて、再びキスを落とされて、もういっぱいいっぱい。
　余裕そうな榛名くんは、角度を変えて何度も深くキスをしてくる。
　たまに息をするために離してくれるけど、それはほんの

少しで、すぐに塞がれてしまう。
　このまま酸欠で倒れるんじゃないかって思うくらい、今のわたしには酸素が足りない。
　そのせいか、頭がボーッとしてクラクラしてきた。
　だんだんと、意識がぼんやりしてきてしまった。
　そして、ようやく唇が離れた瞬間、わたしの意識は飛んでしまった。

誤解と勘違い。

　次にわたしが目を覚ましたのは、翌朝のことだった。
　カーテンから入ってくる、まぶしい夏の日差しのせいで目が覚めた。
　うっすらと目を開けて、ここがどこなのかを確認する。
　真上を見れば、見慣れない部屋の白い天井。
　わたしが眠っている場所は、たぶんベッド。
　まだ完全に目が覚めていない状態で、部屋全体を軽く見渡す。……あれ、ここって榛名くんの部屋……？
　そして、そのまま目線を横にずらして驚いた。
「っ!?」
　なんとそこには、わたしを抱きしめて眠る榛名くんの寝顔があった。
　え、え……？　な、なんだこの状況は……！
　あ、あれ……わたし昨日、たしか杏奈と夏祭りに行って。
　そのあと急に杏奈がいなくなって、男の子たちに絡まれて、それから榛名くんが助けに来てくれて……。
　それで、それで……。
　あ……わたし榛名くんに告白したんだ。
　それから、そのあと榛名くんにキスされて……。
　そこからの記憶がないということは、そこで意識を手放したに違いない。
　今になって、自分のしたことが恥ずかしくなってきた。

勢いで告白をしてしまって、キスをされて気を失ってしまうなんて……。
　しかも肝心の榛名くんの答えを聞いていないまま、一夜が明けてしまった。
　意識が飛んでから、榛名くんが家まで運んでくれたのかな……？
　それから、ずっとこうして抱きしめて眠ってくれていたのかなって思うと、胸がキュウッと縮まる。
　昨日のことを思い出すと恥ずかしくなって、顔を隠したくなってしまう。だけど、目の前で眠っている榛名くんを見て、隠す必要がないことに気づいた。
　……とても綺麗な寝顔。
　そう思いながら、榛名くんの頬に手を伸ばして、ピタッと触れた。
　この無防備な寝顔を見るのが、こうやって触れることができるのが、わたしだけだったらいいのに……。
　そんなことを考えながら、触れていた頬から手を離した。
　だけど、榛名くんをもっと近くに感じたくて、眠っているのをいいことに、身体をすり寄せた。
　ギュッと正面から抱きついたまま、再び眠ろうと目を閉じたときだった。
「……朝から大胆」
「へ……？」
　あ、あれ……？　今なんか、耳元で声が聞こえたような気がするんですけど。

驚いて榛名くんの胸に埋めていた顔を上げると、さっきまで眠っていたはずの榛名くんと、ばっちり目が合った。
　おまけに、なんともイジワルそうな笑みを浮かべて、わたしを見ている。
「どーせなら起きてるときに積極的になってよ」
「お、起きて……っ!?」
「もちろん。ってか、ほぼ寝てないし。さすがに、この状況で寝れるほど余裕ないし」
「うぅ……。な、なんで榛名くん、起きてるって教えてくれないの……っ！」
　わたしが必死に瞳で訴えるけど、それは見事にスルーされてしまって。
「朝から誘ってくるとか積極的だね」
「は……い？」
「ひなから僕に触れたじゃん」
　ニヤッと笑った。
　あ……この笑みはとても危険だ。
「だからさー、今度は僕がひなに触れていい？」
「え、えっ、ちょっとまっ……」
　抵抗するひまもなく、チュッと軽くキスを落としてきた。
　触れただけで、すぐに離してくれた。
　ホッと安心したのもつかの間。
　榛名くんが身体を起こし、わたしに覆いかぶさってきた。
「あんなキスだけじゃ足りない。もっと触れたくなる」
「ちょ、榛名くん落ち着いて……!!」

「んー、無理」
　そう言って、耳たぶにチュッとキスをしてきた。
「ひゃっ……」
「……もっとひなの甘い声聞かせてよ」
　耳元でささやかれるのが、どうもダメみたいで、身体が勝手にピクッと動いてしまう。
「ねー、もっとしていい？」
「っ……」
　榛名くんの誘惑はずるい。
　絶対にノーと言わせない。
　だけど、ふと、昨日のことを思い出し、冷静な自分が戻ってきた。
　……まだ榛名くんの気持ちを、きちんと聞いていない。
　そして、ずっと引っかかっていた"チサさん"の存在。
　それから、涼川さんのこと。
　何も説明がないままだから、胸にモヤモヤが残ってしまっている。
　聞けるのなら、榛名くんの口からきちんとすべて聞きたいと思う……。
「……どーかした？」
　何も言わなくなったわたしを、不自然だと思ったのかもしれない。榛名くんが、少し心配そうにわたしの顔を見てきた。
「えっと……あの、榛名くんに聞きたいことがあるんですけど」

「なに？」
「できれば、起きてきちんと話をしたいんだけど、ダメかな……？」
「ん、いーよ」

こうして、いったん2人ともベッドから身体を起こし、隣同士に並んで座った。

かと思えば、榛名くんは、わたしが座る後ろに回り込み、そのまま抱きしめてきた。
「んで、聞きたいことってなに？」

離さないように、後ろからしっかり抱きしめられて、おまけに耳元で話してくるし。それでドキドキしてしまうわたしは、榛名くんのペースにはまってばかりだ。
「えっと……、わたし昨日、榛名くんに告白したんですよ」
「うん、知ってる」
「それで……榛名くんの答えをわたしは聞いていないような気がして」
「うん、なんも言ってない」
「ええ……」

そんなスパッと言い返さなくても。

なんで答えを教えてくれないの？という顔をして、後ろにいる榛名くんの顔を見た。
「……ひなの困り顔、好き」
「え？」
「もっと困らせたいから、答えたくないって言ったら怒る？」

「お、怒るよ……っ!」
　さっきから、わたしのことをからかってばかり。
　わたしはこんなに必死なのに……!!
「ってかさ、僕は前にちゃんと気持ち伝えたじゃん。あれじゃダメ?」
「ダ、ダメだよ!!　だって、チサさんとか涼川さんとか。榛名くん、わたしに隠してること多すぎる……!」
　必死になりすぎたわたしは、身体ごと向きをくるりと変えて、榛名くんの顔を見て訴えかける。
　ひとつひとつ教えてもらわないと、気持ちが全然スッキリしない。
　それなのに、榛名くんは平気でわたしにキスをしたり、触れてくるから、余計に混乱するんだよ。
　そして、混乱するわたしに榛名くんは驚くことを告げる。
「チサさんってなんのこと?」
　その発言に、目を見開いて榛名くんを見た。
　不思議そうな顔をしていたので、この顔がとても嘘をついているようには見えない。
「え……。ま、まさかここにきて、とぼけるの……!?」
「……は?」
　こうなったら、ぜんぶ話してしまえって思う。
「ま、前に……榛名くんの帰りが遅かった日。そのときに会ってた女の人がチサさん……でしょ?」
「なんで?」
「大人の人がつけそうな甘い香水の匂いが、榛名くんから

したんだもん。それに、この前は電話もかかってきてたじゃん……」

　あれ、なんかこれだと、わたしがヤキモチ全開みたいじゃない……？

　恥ずかしくなって、慌てて身体を前に向き直した。

「へー、それって妬いてんの？」

「っ、ぅ……や……」

　後ろから指で頬をツンツンつついてくる。

　顔は見えないけど、今の榛名くんは絶対、楽しそうに笑っていると思う。

「あー、かわいい」

「ぅ……」

　ギュウッとさらに強く抱きしめてきた。

　そして衝撃なことを言う。

「さっき言ってたチサさんってさ」

「う、うん……」

　緊張して、ゴクッと喉が鳴る。

「僕の母親のことなんだけど」

　ん……？

　んん？？

「……は、母親!?」

　えっ、はっ、ちょっ、ぇぇ!?

　は、母親!?

　あまりの衝撃で、理解に時間がかかり、再び身体の向きをぐるっと変えて、榛名くんのほうを向いた。

「……そんな驚く?」
「お、驚くよ……!」
　そして、さらに驚くことが告げられる。
「帰りが遅くなった日も母親と会ってただけ。買い物に付き合わされたから」
　ちょ、ちょっと待ってよ……。
　自分から聞いといてあれだけど、ますます混乱してきたんですけど……!
「ひなが気にしてた甘い香水の匂いって、たぶん母親のやつだし。昔からくどい匂いのやつ好む人だから。僕はすごい苦手だけど」
　付け加えて「あの人、母親のくせに平気で抱きついてきたりするから。そのときに匂いが移ったのかもしれないし」とまで言われてしまった。
　う、うそぉ……っ。な、なんですか、そのオチは……。
　わたしがあんなに悩んでいたのに……!
　わたしを苦しめていた甘い香水の匂いと、"チサさん"が、両方とも榛名くんのお母さんのことだったなんて……。
　そんなことある……?
　悩んで落ち込んでいた時間を返してほしい。
「じゃ、じゃあなんで、遅くなった日に誰と一緒にいたか聞いたときに答えてくれなかったの?」
　あのときの榛名くんは、明らかに聞かれたくなかったような顔をしていた。
「あー、あれはなんとなく答えたくなかったから。別に深

い意味はなかったけど」
　しれっと悪気がなさそうに答えられてしまった。
「この歳になって母親と２人で遅くまで買い物して、ごはんまで食べてきたとか、マザコンみたいじゃん」
「えぇ……なにそれ。ってか、そんなことでマザコンなんて思わないよ！」
　それ言い出したら、世の中の男の子たち、みんなマザコンになるんじゃない!?
　ガクッと、１人うなだれる。
　ほんとにわたしは何をやっていたんだ……。榛名くんのお母さんにモヤモヤして、ヤキモチを焼いていたなんて、恥ずかしすぎるじゃん……。
　きちんと話してくれなかった榛名くんも悪いけど、勝手に勘違いしたわたしも悪いかもしれない。"チサさん"という存在を勝手に大きくしてしまったわけで。
　結果的に、ただのわたしの勘違いということで、終わってしまった。
　っていうか、そもそもなんでお母さんの名前を登録するときに下の名前にするかな。普通は"お母さん"とか、"母"とか登録しない？
　なのに、なぜ下の名前で、しかも呼び捨てなのさ……！
　それを榛名くんに尋ねてみたら、「そんな細かいこと気にしたことないし」と返されてしまった。
　なんだか、変な勘違いが一気に解消されて、身体の力がへにゃっと抜けそうになる。

"チサさん"と何かあるんじゃないかって、勘ぐっていたから、何もなかったという事実にホッとしている。
　だけど、まだ完全にはホッとできない。
　涼川さんのことも、きちんと聞かなくてはいけない。
　涼川さんのことは、わたしの勘違いでもなんでもなくて、榛名くんが付き合うと宣言してきたのだから。2人の関係が今どうなっているのか、教えてもらわないことには、胸のモヤモヤは晴れそうにない。
　榛名くんに尋ねてみると、これまたびっくりした答えが返ってきた。
「あー、あれね。別に付き合ってないし。雛乃が教室から出ていったあと付き合えないって断った」
「……は、はぁ!?」
　もう、いったい何がどうなってるの……!?
　わたしが嫌だって言わなかったら付き合う、みたいなこと言ってたくせに……!
　わたしは楓くんに教室から連れ出されてしまったから、あのあと2人がどうなったのか知らなかったけれど、付き合う以外選択肢はないと思っていたから。
　榛名くんだって、学年でかわいいと騒がれる涼川さんに付き合ってと言われれば、悪い気はしないだろうし……。
　まんざらでもない顔してたし……。
「な、なんで付き合わなかったの……？」
「なに、付き合ってほしかったの？」
「そ、それはやだ……」

わたしが拗ねたように榛名くんの顔を見ると、その顔が満足そうにフッと笑った。
「昨日言ったじゃん。押してダメなら引いてみろって。ひながいつまでたっても、はっきりした答え出さないから」
　やっぱりわたしを試していたなんて。
　榛名くんのやることは、ずるいような気がする。
「で、でも……、昨日の夏祭り……涼川さんと２人で行くって約束してたんじゃないの？」
　あくまで女子たちの噂だけど、こういう噂は嫌でも信じてしまう。
「……そんな約束した覚えないけど」
「だって、女の子たちが噂してたもん……。涼川さんが榛名くんを夏祭りに誘ったって」
「そんなんただの噂じゃん。誘われた覚えもないし、オーケーした覚えもない」
「ほ、ほんとに……？」
　さらっと答える榛名くんを、わたしは疑いの目でジーッと見つめる。
「ひなはさー、僕の言うことより、ただの噂話を信じるわけ？」
　妙に"ただの"を強調されたような気がする……。
「だ、だって、すごく不安だったんだもん……。ほんとは、榛名くんが涼川さんと付き合ってほしくなかったし、夏祭りだって２人で行ってほしくなくて……っ。でも、それを言えなくて……っ」

気づいたら、少しだけ瞳に涙がたまっていた。そんなわたしの様子を見て、榛名くんが優しく抱きしめてきた。
「……あー、ごめん。不安にさせて、泣かせて。イジワルしすぎた」
　優しい声のトーンで話しながら、身体を少し離して、おでこに軽くキスを落としてくる。
「じゃ、じゃあ……涼川さんとは、ほんとに何もなかったの……っ？」
　榛名くんの顔をしっかり見て聞いた。
　たぶん不安だって顔に出ていると思う。
　榛名くんはそれに気づいてくれたのか、わたしの頭を軽くポンポンと撫でてきた。
「……なんもないよ。だって、僕は雛乃しかほしくないから」
「ほ、ほんとに……っ？」
　不安で不安で仕方なくて、瞳にさらに涙がたまって、声が震えてしまう。
「ほんとだって。試すようなことしてごめん。ひな以外の子とか興味ないし」
「う、胡散臭いよ……っ」
　なんか今まで散々振り回されたせいで、つい出てきてしまった言葉。
「へー、なんか地味に傷つくね。それは僕の好きって気持ちが全然伝わってないって受け取っていい？」
　ニヤッと不敵な笑みを浮かべて、わたしを見ている危険な榛名くんがいた。

「今までさびしい思いさせた分、これからたっぷりかわいがってあげよーか」
「ひぇ……っ!?」
「ってか、今までひなに触れるの我慢してたんだから、もう好きにしていい?」
「ま、待ってよっ! は、榛名くん前に言ったじゃん……! わたしが求めるまで触れてこないって」
「はぁ? それいつの話してんの。そんなのもう無効だし」
　えぇ、自分勝手すぎじゃない!?
「それにさー、それなら問題ないじゃん。ひなは僕に触ってほしいんでしょ?」
「そんなこと言ってない……もん」
「自分から触れてきたくせに?」
「うっ……」
　もう完全にいつもの榛名くんのペースだ。
　ここまできたら、わたしが抵抗できる余地なんてまったくない。
「で、でも……っ、まだ榛名くんの気持ち聞いてない……もん」
　前に好きと言われたけれど、それ以来言われていない。
　だから、きちんと今ここで、気持ちを教えてほしいって思ってしまう。
「じゃあ、ひながもっかい好きって言って」
「……えっ!?」
「昨日、花火の音のせいで聞こえなかったし」

う、嘘だ……！　絶対聞こえてたくせに……!!
「もっかい聞きたい」
　ほんとに、榛名くんのお願いの仕方はずるい。絶対に嫌だと言えない。
「っ、……き……」
「ちゃんと言って」
「……す、き……です……っ」
「誰のことが？」
　相変わらずわたしを見る榛名くんの顔は、イジワルで、楽しそうだ。
「は、榛名くんのことが好き……です」
　やっと言えたら、甘いキスが降ってきた。
　そして、キスを終えると、わたしの耳元でそっと……。

「好きだよ、雛乃」
　甘くささやかれた。

「あ、あの……榛名くん？」
「……なーに？」
　あれから数時間が過ぎて、ただいまの時刻は、午後の2時を回った頃。
　お昼を食べ終えて、ゆっくり映画のDVDでも見ようと、ソファに2人で座っているんだけれど……。
「ふ、普通に隣に並んで座って見ない？」
　隣に並んで座るはずが、榛名くんがわたしの後ろに回っ

て抱きしめて、離してくれない。
「んー、やだ。こっちのがひなに触れやすいから好き」
「えぇ……」
　わたしの肩に顎を乗せながら、榛名くんの長い腕がお腹あたりにしっかり回ってきていて、身動きがとれない。
　たぶん、何を言っても体勢を変えてくれないと思ったわたしは、諦めてリモコンを手に取り、映画を再生した。
　選んだのは、めちゃくちゃベタな恋愛映画。
　わたしは夢中になって見ているっていうのに、後ろにいる榛名くんは、よくあくびをしたりして、なんだか興味がなさそう。
　その証拠に、ついにわたしにちょっかいを出し始めた。
「ねー、ひな、つまんない」
　後ろからわたしの頬をツンツンしたり、むにゅってしてきたり。
「いひゃいよ」
「つまんない」
　わたしはこういう恋愛映画好きだけど、榛名くんは絶対好きじゃないだろうなぁ。
　逆に榛名くんが恋愛映画好きって言ったら、それはそれで引くし。
　榛名くんがちょっかいを出してくる中、それを無視して映画を見続けて、ようやくクライマックスのシーンまで来たところ。
　主人公の女の子がヒーローくんに告白をして、無事に付

き合うというありがちな展開。だけど、やっぱりこういうのに憧れるなぁ……と、思っていたときだった。
　ふと、自分の頭の中に、とある疑問が浮かんだ。
　あれ……、わたしと榛名くんって付き合っているんだろうか……？
　わたしは好きって言ったし、榛名くんも確かに好きって言ってくれた。
　だ、だけど……付き合ってとは、ひと言も伝えられていない!?
　気づいたら画面にはエンドロールが流れていて、映画の内容は終わっていた。
　すぐに榛名くんのほうへ振り向いた。
　わたしがいきなり振り向いたので、榛名くんは少しびっくりしながら、
「……どーかした？」
　と、聞いてくれた。
　勢いよく振り返ってしまったものの……。な、なんて聞いたらいいんだろう？
　わたしたちって付き合ってるの？なんて、ストレートに聞くことができたら苦労はしない。
　もし、「好きだけど彼女とは違うんだよね」とか言われたら、ものすごくショックなんですけど……!!
　普通は、好きと言う＝付き合うみたいなのが成り立つけど、わたしが考える榛名くんは、普通じゃなさそうだから心配だ……。

結局、何も聞くことができないわたしがとった行動は、目の前にいる榛名くんにギュッと抱きついただけ。
「……なーに、急に抱きついてくるとか」
　声のトーンが嬉しそうで、そのままわたしの背中に榛名くんの腕が回ってきた。
「かまってほしくなった？」
「ち、違うもん……」
「……あんまかわいいことばっかされると、理性もたなくなる」
「か、かわいくない……もん」
　恥ずかしさを隠すために、さらにギュッと抱きついて、榛名くんの胸に顔を埋める。
「なに言ってんの。こんなにかわいい彼女なのに」
　頭をポンポンと軽く撫でられた。
「あれ……い、今、彼女って言った!?」
　さっきまで埋めていた顔を、パッと上げて、榛名くんの顔を見た。
「言ったけど」
「っ!?」
　あぁぁ、よかった……。
　さらっと言ってくれてホッとした。
「なに、僕は雛乃の彼氏じゃないの？」
「え……あ、いや、その……付き合ってって言われてなかったから」
「は？　ってか、キスしたし、好きって言ってんだから、

普通に付き合ってるって考えるでしょ」

　わ、わたしだってそう考えたけど、やっぱりちゃんと伝えてほしかったっていうか、なんというか……。乙女心は複雑なんですよ……!!

　それを榛名くんに伝えると、「なにそれ。すごい面倒じゃん」と言われてしまった。

　呆れられてしまったかと思えば。

「……こんなに雛乃しか見てないのに。抱きしめたいのも、キスしたいのも雛乃だけだし」

　榛名くんから伝えられる言葉がストレートすぎて、顔がブワッと赤くなる。

　わたしは、もう今のこの状況でいっぱいいっぱいなのに、榛名くんがあることを思い出してしまった。

「あー、そーいえばさ。あの生意気な後輩の楓くんとはどーなったわけ？」

「え……!?」

　いきなり楓くんの名前を出されて、思いっきり動揺してしまった。

　まさか今ここで聞かれるとは、予想していなかった。

「なに、そのあからさまに"何かありました"ってわかりやすいリアクション」

「っ！」

　一瞬で、榛名くんの機嫌を損ねてしまったのが、顔を見てわかる。

「まさか好きって押されて、付き合ったりしてないよね？」

「し、してない……！　か、楓くんのことは、ちゃんと断った……もん。これからも前みたいに、先輩と後輩として接していくつもりだから……」
「へー、ほんとに？」
「ほ、ほんとです……」
　なぜか疑いの目を向けられてしまって、答えるのにタジタジ。
　そんなわたしをからかうように、榛名くんは片方の口角を上げながら。
「……妬かせたら、それなりに覚悟しなよ」
　そんなセリフとともに、甘いキスが落とされた。

Chapter.5

甘すぎるよ榛名くん。

　榛名くんと付き合い始めてから、早くも1週間が過ぎようとしていた。
　ようやく8月に入り、まだ絶賛夏休み期間中。
　ただいまわたしは、お風呂から上がり、キッチンで晩ごはんの準備をしているところ。
　晩ごはんといっても、今日はだいぶ手抜きで、そうめんを茹でるだけ。
　お湯が沸騰するのを待っていると、リビングの扉が開き、お風呂上がりの榛名くんが入ってきた。
　タオルで髪を軽く拭きながら、そのままソファにでも座るのかと思いきや、キッチンのほうに向かってくる。
　お茶でも取りに来たのかな？と思いながら、そうめんの束を鍋に入れたとき。
「ひぇっ……!?」
　背後の気配に、びっくりして変な声が出てしまった。
　榛名くんが後ろから急に抱きついてきた。
「ひーな、かまって」
「も、もうっ！　キッチンにいるときは抱きつかないでって言ってるのに……！」
　付き合いだしてからの榛名くんは、とても甘くて、ひっつき虫のようにいつも抱きついてくるのだ。
　自由な性格は変わらずで、自分がやりたいようにやるも

んだから、それを抑えるのが大変だったりする。
「……ひな、甘くていい匂いする」
「もう、人の話ちゃんと聞いて……ひゃっ」

わたしが話している途中だっていうのに、榛名くんはお構いなしで、首筋にキスをしてくる。
「……もっと甘えさせてよ」
「や、やめ……っ」
「んー、無理」

抵抗むなしく、榛名くんにされるがまま。

しまいには、身体をくるりと回転させられて、榛名くんのほうを向かされた。
「い、今、火使って……」
「晩ごはんより雛乃のほーがいい」

自然と顔を近づけてきて、下からすくい上げるように唇を塞がれてしまった。

そして、耳に聞こえた、ピッというガスが停止した音。

今、ガスを消したのはわたしではなく、榛名くん。キスをしながら、停止ボタンを押すなんて器用すぎる……！

器用な榛名くんの手は、わたしの頬に触れたり、ときどき首筋に触れたりして。

その間も唇は離してはくれない。

息苦しさと、お風呂上がりの榛名くんの石けんのいい匂いに包まれて、クラクラしてきた。

酸素不足で限界になって、榛名くんの胸を軽くトントンと叩く。

「はぁ……っ」
　ようやく離してもらえて、酸素を取り込む。
　わたしばっかりがこんなに必死で、榛名くんは全然息が乱れていない。むしろ、まだ物足りなさそうに見える。
「……もっかいしたい」
「ひぇ!?」
　ようやく呼吸が落ち着いたかと思えば、また塞がれてしまう。
「んん……っ、ぅ……」
「あーあ、抑えきかなくなりそう」
　結局、榛名くんが満足するまで離してはもらえず……。
　晩ごはんの時間が、だいぶ遅れてしまった。
「……すげー仏頂面してるね」
　榛名くんが、そうめんをすすりながら、無邪気にこちらを見てくる。
「……だって榛名くんのせいで、そうめんがのびちゃってるじゃん……!!」
「気のせいじゃない？」
「じゃない!!　なんかフヨフヨしてるし！」
　せっかく作ったのに、なんだか台無しにされた気分だ。
「榛名くんのせいなんだから……！」
　怒りながら、のびたフヨフヨのそうめんをすする。
「僕、悪くないし」
「はい？」
　いや、元をたどれば、榛名くんがあんなことしてこなけ

れば……。
「かわいい声ばっか出すひなが悪いって言ってんの。あんな声出されたら抑えられるわけないじゃん」
　すすっていたそうめんが喉で詰まって、出てきそうになったのをなんとか防いだ。
「あとさ、ひながキスに必死になってる姿がかわいくてたまんないんだよね」
　榛名くんの暴走は、相変わらずわたしの想像を上回ってくるから手に負えない。
「もっと僕でいっぱいにしたくなる」
　……こ、この人そうめん食べながら、なに言っちゃってるの!?
　お願いだから、そんな恥ずかしいことを、さらっと日常会話みたいにしないでほしいんですけど……!!
　そんなこんなで、晩ごはんは無事に終わり、2人でソファでくつろぎながらテレビを見る。
　今たまたまやっていた番組は心霊系で、何やら怖い映像ばかり流れてくる。
　心霊写真や映像、実際に霊が見える人の体験談などなど。
　真夏の暑い夜には、ぴったりの番組かもしれない。
　でも、わたしは心霊系とかがあまり得意ではなくて、お化けとかすごーく苦手。ブルブル震えながらテレビを見る。
　榛名くんは驚いたり、怖がったりする様子はいっさい見せず、興味がなさそう。

番組が終わったのは、夜の11時。
　もうそろそろ寝る時間なわけで。榛名くんがテレビを消して、そのままソファから立ち上がると、リビングの電気を消そうとする。
「ひなはまだ寝ない？」
　いつも寝る時間になると、お互い同じタイミングでリビングを出て部屋に戻る。
　たぶん榛名くんは、もうそろそろ寝る時間だと思い聞いてくれているんだろうけど……。
　正直、さっきの番組の内容が頭から離れなくて、いまだにめちゃくちゃ怖がっていたりする。な、なんだか今日は真っ暗の中、1人で眠ることができないかも。
　子どもかよって突っ込まれそうだけど、怖いものは怖いから仕方ない。
　ソファに体育座りをして丸まったまま、一向に動かないわたしを見て、榛名くんが近づいてきた。
「ひな、もしかして1人になるの怖いとか？」
　ギクリ……。
　恐る恐る、榛名くんの顔を見てみると、それはもう、イタズラを企んでいるような笑みを浮かべていた。
「へー、1人怖いんだ？」
「うっ……」
　きっと榛名くんは、怖がっているわたしで遊ぼうとしているに違いない。
　だって、顔がそう言ってるんだもん……!!

「僕はこのまま部屋に戻るけど。ひなは僕にどーしてほしい？」

　ぜ、絶対、わたしに一緒にいてって言わせるつもりなんだ……！

　だって、言いなよって顔に書いてあるもん……！

「イ、イジワルしないでよ……っ」

「してないよ。ひながどーしたいか、聞いてるだけじゃん」

「うっ、わかってるくせに……」

「ちゃんと言ってくれないとわかんない」

　もう……!!

　言うのを恥ずかしがっていても、らちが明かないので、ソファから立ち上がった。

　そして、榛名くんの服の裾を握った。

　顔は見ることができなくて、目線は下に落としたまま。

「も、もう少しだけ……一緒にいてほしい……です」

　今、榛名くんの顔は見えないけれど、

　絶対満足そうに笑っているに違いない。

「ふっ、いーよ。じゃあ、せっかくだから一緒に寝よーか」

「……はへ!?」

　慌てるわたしを差し置いて、身体がふわっと浮いた。もちろん榛名くんによって。

「な、なんで!?　ちょっ、おろして！」

「やだよ。ひなが僕と一緒にいたいって言ったんだから」

　わたしを抱っこしたまま、リビングの電気を消してしまい、そのまま階段を上がる。

そして、着いたのは榛名くんの部屋。
　ガチャッと扉を開けて、電気もつけずに、わたしをベッドの上におろした。
　その隣に榛名くんが腰を下ろした……かと思えば、ベッドに身体を倒した。
　おまけに、わたしの手を引いて、身体を倒すから、わたしまでベッドに倒れてしまった。
「んじゃ、おやすみ」
「え……えっ!?」
　お、おやすみって、まさかほんとに一緒に寝る気なの!?
　わたしを抱き枕のように抱きしめて、おまけに脚まで絡めてきて、動けなくなってしまった。
「ひなって抱き心地いいね」
「な、なにそれ……太ってるって言いたいの？」
　この状況で、ドキドキしないわけがない。
　それなのに榛名くんは、平然とした態度で話してくる。
　一晩中、榛名くんに抱きしめられていたら、ドキドキして眠れるわけがない……!!
「んー、太ってはない」
　まるでわたしの身体のラインを確かめるように、ギュッと抱きしめる。
　そして、衝撃的なことを言ってきた。
「もっと太ったら胸大きくなるんじゃない？」
「っ!?!?」
　な、なんだこいつ!!

なんてこと言ってくれるんだ!!
　人が気にしてることを……!!
「触って確かめてみたくなる」
「っ!?　は、榛名くんのバカ、変態!!」
　すぐに榛名くんの身体を引き離した。
　だけど、ベッドが狭いせいで、全然距離が広がらない。
「男なんてみんなこんなもんだって。胸はあるほうが、もっといいだろうし」
「も、もうその話は終わりにして!!」
　この人は寝る前に何を言ってるんだ……!!
　寝ている間に何かされないか心配になってきた。
　そんなわたしの考えを読んだ榛名くんが耳元で、ボソッとささやいた。
「………だいじょーぶ。寝込みは襲わないから」
「っ!!　バカっ!!」
　結局、その夜のわたしは、あまり眠れなかった。

それはずるいよ榛名くん。

　長かった夏休みがあっという間に終わってしまい、気づけば9月に入っていた。
　天気予報では「暦のうえでは秋ですが」と言っているけれど、まだ夏っぽさは抜けていなくて、日中は暑い。
　学校が始まってから、わたしと榛名くんの間で起こった変化。
　些細なことだけど、登下校を一緒にするようになった。
　前は同居がバレたりするのにヒヤヒヤしていたし、付き合ってもいないのに一緒にいるところを周りに見られたらまずいと思っていたから、なるべく時間をずらしていた。
　まあ、同居がバレるのがまずいのは今も変わらないけど。
　わたしの毎朝は、とても慌ただしい。
　榛名くんを起こすのは毎回手こずるし、夏休み明けのせいで、感覚がおかしくなっているし。
　休みに慣れてしまったせいで、体内時計を元に戻すのが難しくて苦戦している。
「ほら、榛名くん早くしないと遅刻しちゃうよ！」
　今は、朝ごはんをダッシュで終えて、まだ眠そうにしている榛名くんの背中を押して、玄関に向かっているところ。
　時計を見ると、遅刻ギリギリ。
　榛名くんが靴を履いている間に、わたしは玄関に座って靴下を履く。

いつもなら部屋でちゃんと履いているんだけど、今日は慌てていたので家を出る寸前に履くことに。
　わたしが必死に靴下を履いていると、榛名くんがその様子を上からジーッと見ていた。
「……？」
「なんかこの角度、エロいね」
「は……？」
「見えそーで見えない」
　すぐにその場から立ち上がり、慌てて靴を履いた。
　な、なんなんだまったく……!!
　朝っぱらから榛名くんは、とんでもないことを平気で言ってくるから、ついていけそうにない。
　玄関の扉のノブに手をかけて、開けようとしたら。
「ひーな、忘れもん」
　あれ、忘れ物なんてしたっけ？って思いながら、榛名くんのほうを振り返ったら、唇が軽くあたってチュッとリップ音が鳴った。
「っ、ちょっ!!」
「なーに、もっとしたい？」
「ん、んなわけないでしょー!!」

　あれから家を出て、時間がないので急いでバスに乗って、走って学校に向かった結果、なんとか遅刻は免れた。
　ホームルームが始まるスレスレで教室に滑り込んだせいで、何も準備ができていない。

ホームルームが終わって、1時間目が始まるまでの時間で準備をしていた。
　すると、杏奈がニヤニヤしながら、わたしの席までやってきた。
「おはようおはよう、雛乃さん。朝からイチャイチャご苦労さまでーす」
「その言い方どうにかしてよ……！　別にイチャイチャして遅くなったわけじゃないんだから！」
「えー、どうかなぇ。怪しいもんだわ」
「あ、怪しくない!!」
　最近学校が始まってから、杏奈はわたしを茶化すのが楽しみになったみたいだ。
　夏祭りの一件から、榛名くんと付き合うことになったのは、杏奈には報告ずみ。
　夏休み中だったから、電話で報告したんだけど、そのときに杏奈が、『はぁぁ、やっとくっついたかー。長かったわー』と言いながらも、最後は祝福してくれた。
「いやー、雛乃にもついに彼氏ができたのかと思うと、感動感動。しかも、その彼氏と学校始まるギリギリまでイチャついてくるとはねー。成長したもんだねぇ」
「だから!!　イチャついてないから!!」
　と、こんな会話をしていたら、担任の先生に呼ばれた。
　何事かと思い、教卓のほうに向かうと、先生はわたしに1枚の紙を渡してきた。
「成瀬さん、あなた次の中間テストで1つでも平均点以下

を取ったら、毎日補習で残ってもらうことになったからね？」
「は、はい……？」
　えっ……、先生、いきなりなんですか？
　紙には、補習対象者のスケジュールのようなものが書かれていた。
　な、なんじゃこりゃ……。
　内容を見てみれば、ほぼ毎日放課後、補習、補習……。
　な、何この鬼みたいなスケジュールは……!!
「え……先生、これはいったいどういうことですか？」
　話を聞いてみると、どうもわたしは進級が危ないとまではいかないけど、それなりに危ない位置にいることを告げられてしまった。
　赤点はなんとか逃れているものの、いつもスレスレで、決して安全圏ではない。なので、あと数週間後に控えている中間テストのすべての教科で平均点以上を取らなければ、補習の対象者になってしまうらしい。
　そういえば、夏休み前にあった期末テストは、いつも以上に悪かったような……。
　な、なんてこった……。
　勉強してこなかったツケが、今になって襲いかかってくるとは……。
「すべての教科で平均点以上を取るのは難しいと思うから、補習は覚悟しておいたほうがいいわね。あなたはそれくらい危ない位置にいるのよ。だから頑張ってちょうだいね？」

「えぇ、そんな軽く言わないでくださいよぉ……」
　こうして、絶望のどん底に落ちた気分のまま、１時間目の授業が始まり、それから１日の授業は、あっという間に終わった。
　今日は、いつも以上にノートをきちんと取って、授業も頑張ってついていけるように努力したんだけど……。
　そもそも基礎学力が低いわたしが、いきなりノートをきちんと取って、授業を聞いてもわかるわけがない。
　自分の学力の低さがここまできていたとは、思ってもいなかった。
　全教科、悲惨な予感しかしない……。
　何か１つでも得意な教科があればよかったのに、残念ながら全教科赤点スレスレ……。
　とりあえず家に帰ってから、必死になって勉強するしかないか……と、落ち込んで帰る準備をしていたわたしの元に、杏奈がやってきた。
「どーしたの、そんな暗い顔して」
「あ、杏奈さぁぁん……!!」
　泣きつくように杏奈に助けを求めた。
　こうなったら、休み時間や放課後、杏奈に勉強を教えてもらうしか手段はない……!!
　杏奈はわたしとは違って、いつも成績上位をちゃっかりキープしている秀才さん。
　わけを話して、とてもピンチな状況を迎えていることを説明した。

そして、わたしが手のひらを合わせて、勉強を教えてほしいとお願いすると、杏奈は呆れた顔でこちらを見ていた。
「あんたねぇ。わたしに頼むの間違ってるよ」
「え？」
「そんなに困ってるなら、榛名くんに頼んで助けてもらいなさいよ。一緒に住んでるんだから」
　あ、あぁぁぁそうだ!!　榛名くんがいた!!
　榛名くんが頭がいいということを、すっかり忘れていた。
　いや、だって榛名くんといえば、家で勉強している姿なんて見たことないし。
　というか、いつもカバンの中身空っぽだし。
　授業もそんな真剣に受けていないだろうし。
　とはいえ、これに関してはクラスが違うから、勝手なイメージだけど。
　そういえば、前に楓くんと勉強するのをやめて、代わりに教えてもらったとき、教え方は上手だったような記憶がある。

　——というわけで……。
「榛名くん、勉強を教えてほしいのですが……！」
　その日の夜、榛名くんの部屋に教科書を持ってお願いに来てみた。
　まだ時刻は夜の９時を少し過ぎた頃。
　寝るまでにまだ時間があるので、チャンスだと思い、頼むことにした。

「……めんどいから嫌だ」
　ベッドに寝転んで、スマホをいじりながら拒否されてしまった。
「ぇぇ、そんなこと言わないで助けてよぉ……」
　ショボンと落ち込みながら、部屋の中に入り、榛名くんがいるベッドに近づいて、再度お願いをしてみる。
「わたし今回の中間テストで、全教科平均点以上を取らないと、補習の対象になってしまうんですよ」
「うん、だから？」
「だからー！　榛名くんに勉強を教えてもらって、なんとしても補習を回避したいわけなんですよ！」
　すると、ずっとスマホを見ていた榛名くんが、スマホをいじるのをやめて、わたしのほうをジーッと見てきた。
「教えたら、お礼くれる？」
　え、なんですか、その何かを企んでいるように笑う、その顔は……!!
　絶対、何かよからぬことを考えているに違いない……！
「勉強教えてあげるから、いっこだけ僕の言うこと聞いてよ。お礼として」
「えっと、それはどういった内容……」
　変な内容だったら、即却下と言うつもりだったのに。
「内容は秘密。言ったら面白くないじゃん」
　口角を上げて、フッと笑った顔がなんとも黒いといいますか……。秘密っていうあたりが、さらに怪しいといいますか……。

でも、今のわたしには、榛名くんの力を借りるという選択肢以外ないわけで。
「わ、わかったよ。その代わりいっこだけね！　無理なこと言うのはダメだよ？」
「ふっ、じゃあ決まりね。僕がなに言っても、ひなには拒否権ないから」
　不敵な笑みを浮かべたまま、最後にボソッと、「あー、楽しみ」とつぶやいたのは聞こえなかったことにしよう。
　とりあえず、中間テストまで時間がないので、早速今から教えてもらうことにした。
　どうせ教えてもらうなら、リビングの広いテーブルでやったほうがいいかと提案してみた。
　だけど、榛名くんがこのままここでやると言ったので、床に置いてあるテーブルに持ってきた教材を置いた。
　榛名くんもベッドから降りてきてくれて、そのまま床に座った。
　わたしもその隣に座ろうとしたんだけれど。
「ひなが座るのはこっち」
　そう言いながら榛名くんは、あぐらをかいている自分の脚をトントンと叩いている。
「はい……？　いや、そこって榛名くんの膝の上なんですけど……」
「うん、だからひなが座るのここ」
　いや、それおかしくない!?
　なんで隣が空いているのに、わざわざ榛名くんの脚の間

に座らなきゃいけないの!?」
「えと、隣に座りたいのですが」
「ダーメ。それじゃ集中できない」
　わたしはそっちのほうが集中できないんですけど……!?
「早くしないと教えないよ」
「えぇ……」
　何を言っても折れてくれそうにないので、かなり遠慮気味に、榛名くんの脚の間に座った。
　そのまま榛名くんの腕が回ってきて、後ろからガッチリ抱きしめられてしまった。
　こ、こんなに近かったら、わたし全然集中できないんだけど……!
　榛名くんは教える気はあるんだろうか?
「わかんないとこ教えてあげるから、教科書開いて」
　どうやら、教えてくれる気はあるみたいだけど、わざと耳元で話してくるから、くすぐったくてしょうがない。
「えっと、まず英語から教えてほしくて……」
　とりあえず、この体勢に慣れてしまえばいいんだと、自分に言い聞かせた。

　それからあっという間に２時間弱が過ぎた。
　意外にも、榛名くんはきちんと、わかりやすく教えてくれた。
　体勢はまったく変えてくれなかったけど。
　久しぶりにこんなに勉強をして疲れた。

頭がボーッとして、うとうとしてきた。
「ふぁ……」
　眠くなってきて、あくびを1つ。
　体勢もずっと同じだったので、腕をグイーッと伸ばすと、身体が少し楽になったような気がする。
「あ、榛名くん、こんな時間まで教えてくれてありが……」
　身体の向きをくるりと変えて、榛名くんのほうを向いてお礼を言おうとしたら、途中で言葉が切れてしまった。
　だって、わたしの唇に榛名くんの人差し指が触れたから。
「いーよ。お礼は今からもらうから」
　そう言った直後、唇が重なった。
「……んっ、……待って」
「やだ。お礼ちょーだいって言ったじゃん」
　抵抗しようとするわたしを、器用に押さえつけて、深くキスをしてくる。
「お、お礼って……」
「決まってんじゃん。ひながお礼だって」
「なっ……！」
　な、なんでわたしがお礼になるの!?
　離してほしいとお願いしても、まさか榛名くんが聞いてくれるわけもなく。
「僕さー、誰かさんのせいで頭使いすぎて糖分不足してんの。だから甘いものほしいんだよね」
「は、はぁ……」
　なにも、誰かさんのところを強調しなくてもいいんじゃ

ないか……と思っていたら、榛名くんはさらにとんでもないことを要求してきた。
「だからさー、ひなからキスしてよ」
　ん？　んんん？
　いや、糖分不足してるのはわかるんだけど、それでなんでわたしがキスしなきゃいけないの!?
「い、いや……なんかいろいろおかしくないでしょーか。甘いものほしいならチョコか何か……」
「バーカ。そんなのいらないから、ひながほしいって言ってんの。早く甘いのちょーだい」
　戸惑うわたしを無視して、グッと顔を近づけられた。
「ひぇっ……ち、近い……!!」
「キスしやすいように近づいてんだけど」
「な、なんで、キスなら今したじゃん……！」
「あれは僕からだし。ひなからしてほしいって言ってんじゃん。ついでにさー、榛名くんじゃなくて下の名前で呼んでみてよ」
　む、無理無理!!という意味を込めて、首を全力で左右に振る。
　キスも無理だし、下の名前で呼ぶなんて、もっと無理!!
「早くしないとまた僕からするよ？」
　それはもう、危険な笑みを浮かべて。
　逃がさないという瞳でこちらを見ながら。
「……息できないくらいのやつしよーか」
　榛名くんの綺麗な顔が少し傾いて、唇に触れそうになっ

た寸前。
　これはまずいと思い、とっさに止めに入った。
「ま、待って……っ!!」
「なに、自分からする気になった？」
　自分からキスをするなんて、すごく恥ずかしい……。いや、もう恥ずかしいって言葉じゃ足りない。
　だけど、息ができないくらいにキスをされるのも困ってしまう。
「え、えと……あの、ほっぺでもいい……？」
　ほっぺでもかなりレベルが高いんだけど、榛名くんは不満そうな顔をしている。
「やだって言ったら？」
「こ、困ります」
　頼むから折れてよぉ……！
「困らせたいね」
「ぬぅ……、榛名くんのイジワル……っ」
　やっぱり、榛名くんはかなりイジワルだし、わたしを困らせるのが楽しくて仕方ないみたい。
「じゃあ、今回はそれで我慢してあげる。あと、榛名くんじゃなくて、下の名前で呼んでって言ってんじゃん」
「は、榛名くんは榛名くんです……」
　いきなり下の名前で呼ぶなんて、心の準備ってやつができていないし！
「はぁ？　ふざけてんの？」
「い、いえ、ふざけておりません」

「そっちがふざけるなら、これから成瀬さんって呼ぶけどいいの？」
「それは、いやです……」
「んじゃ、呼んで」
　お、落ち着くんだ自分……。
　たかが下の名前を呼ぶだけじゃないか。
　ほら、楓くんは下の名前で呼べるんだから、榛名くんだって同じように呼べばいいだけじゃないか。
　何も緊張することなんかない！と、自分に言い聞かせて、フゥッと深呼吸をした。
「……い、おり……くん」
　ひぇぇぇ、やっぱり恥ずかしい……!!
　慌てて自分の顔を手で隠す。
「もっかい」
「え!?」
「ちゃんと呼んで」
「っ、……い、伊織くん？」
「いや、なんで疑問系？」
「な、なんとなく」
「慣れるまで、そーやって呼んでよ」
「ええ……」
　今、呼んだんだから、これで勘弁してほしい。
「……んじゃ早くキスして」
「ええ!?」
　なんか話がめちゃくちゃじゃない!?

「ほーら、焦らさないで」
「じ、焦らしてなんかないもん……！」
　あぁ、もう……!!
　こうなったら、やるしかない……。
　榛名くんに無理だと訴えても、言ったことを撤回してはくれない。
　目の前にある榛名くんの顔立ちは、とても綺麗。
　だから、このまま見つめられている状態はかなりきつい。
「あの、目……つぶってくれる？」
「注文多いね」
　注文多いのはどっちだよって言いたかったけど、口答えしたら、それこそどうなるかわからないので黙っておこう。
　榛名くんがスッと目を閉じた。
　ひ、人にキスするのって、こんなに緊張するものなの!?
　榛名くんはいつもさらっとしてくるけど、わたしにはどうもできそうにない。
　顔を左や右に傾けて、どちらが正解なのかを確かめる。
　えぇい、もうどっちでもいいや……!!
　身体を少し前に乗り出して、チュッと軽く榛名くんの頬に触れた。
「ぬぅぅ……も、もうこれで勘弁してください……っ！」
　榛名くんの顔を見ることができなくて、プイッと前を向いた。
　すると、榛名くんはわたしの耳元でそっと……。
「……ごちそーさま」

満足そうにささやいた。

　それから数週間、榛名くんに勉強を教えてもらい続け、そのたびに無茶なお礼とやらを要求されて。
　それに応えるのは、もう大変で。
　心臓がいくつあっても足りないくらい、わたしをドキドキさせてくるんだから。
　そして、なんだかんだ真面目に教えてくれた榛名くんのおかげで、中間テストではすべて平均点以上を取れた。
　この結果、わたしはなんとか補習を免れることができた。

榛名くん浮気疑惑。

　ある日の放課後のこと。
「ねー雛乃、今日ひまー?」
「あ、うん。ひまだよ。どうかしたの?」
　わたしが自分の席で帰る準備をしていると、杏奈が声をかけてきた。
「ちょっとさー、買い物付き合ってほしいんだけどいい?」
「うん、全然大丈夫だよ。晩ごはん作らなきゃいけないから、あんまり遅くまでは厳しいけど」
「そうねー。あんま遅くまで雛乃を振り回すと、榛名くんが黙ってなさそう」
　あ、そうだ。
　遅くならないとは思うけど、いちおう榛名くんに連絡は入れておこう。
　メッセージで、杏奈と出かけてくることだけを送っておいた。
「なになにー、榛名くんに連絡?」
「う、うん。心配するかなぁと思って」
　いつも授業が終わったらすぐ家に帰っているし、寄り道するのはスーパーくらいだから。
「はぁぁぁ、お熱いね〜。ラブラブでなにより」
　こうして、杏奈と駅のほうで買い物をすることになった。
　そして、事件が起こった。

駅周辺には、いろんなお店が出ていて、杏奈がお目当てのものを探すのに、付き合っていたときだった。
「ねー、雛乃。これとこれどっちがいいー？」
　ちなみに杏奈のお目当てのものは、学校で使うブランケット。これから寒くなっていくので、早めに買っておきたいんだとか。
　まだ早いんじゃないかなぁと思っていたけれど、気づけば今は９月の下旬。もうすぐ10月に入るんだと思うと、時間の流れってあっという間だなぁと思う。
　それと同時に、10月が終われば榛名くんとの同居が終わってしまうことに気づく。
　具体的な日付は決まっていないものの、いちおう伝えられていた期間は半年間。
　５月の初めから同居を始めているので、10月を迎えてしまえば半年になる。
　……そっか。もうあと１か月とちょっとしか、榛名くんと一緒に過ごせないんだ。
　別に同居が終わるからって、わたしと榛名くんの関係が終わるわけじゃないことくらいわかっている。
　だけど、今までずっと一緒に生活をして、一緒の時間を過ごすのが当たり前だと思っていたから、底知れぬさびしさに襲われそうになる。
「……な……の」
「…………」
「雛乃ってば！」

「……あ、ご、ごめん！」
　いけない、杏奈と買い物に来ていたことをすっかり忘れて、自分の世界に入り込んでしまっていた。
「え、えっと、どっちがいいかだよね？」
　杏奈が持っていた２枚のブランケットに目を向けた。
「いや、違う違う！」
「え？」
「ちょっ、あれ見てよ」
「？」
　杏奈が驚いた顔をして指をさしていたので、そちらに視線を向けた。
　視線の先に、歩いている２人の人物がはっきり見えた。
　１人は紛れもなく榛名くん。その隣には……。
「ちょっと、あの女の人誰なの？」
　綺麗で、すらっとした、美人な女の人。少し遠かったから、女の人の顔はあまり見えなかったけど、明らかに年上の容姿だった。
「雛乃、あの女の人知ってるの？」
「し、知らな……い」
　目の前の光景が信じられない。
　この目で確かに見たはずなのに、信じたくない。
「あいつ、雛乃がいるのに、何ほかの女に手出してんのよ！」
　杏奈の怒りを抑えようにも、正直それどころではない。
　とりあえず頭の中を整理しようとしても、さっきの光景が何度も頭の中をめぐってばかりで、どうにも整理がつき

そうにない。
「こうなったら現行犯で、とっ捕まえてやるわよ」
　杏奈が手に持っていたブランケットを雑に棚に戻すと、わたしの手を引いて、お店を飛び出した。
　グイグイ歩いていく杏奈の後ろを、ただ引っ張られていくだけしかできない。
　ここでわたしが２人のところに行ってしまったら、世の中でよくいわれている修羅場というやつになってしまうんだろうか……。
　なんてことを考えながら、人混みをかきわけて、２人を早足で追いかけること数分。ようやく後ろ姿をとらえた。
「こらー！　そこの榛名!!」
　２人の後ろ姿を見つけた途端、杏奈がいきなり大声で、榛名くんの名前を呼んでびっくりした。
　ここは駅周辺で、人がたくさんいるのにもかかわらず、人の視線なんてお構いなしの杏奈さん。
　そして、前にいた２人がこちらを振り返った。
　榛名くんは驚いた顔でわたしたちを見ていて、隣にいた綺麗な女の人は、キョトンとした顔で、わたしたちを見ていた。
　ズンズンと大股で歩いていく杏奈の後ろに引っついて、わたしは恐る恐る榛名くんたちの目の前までやってきた。
　こ、これは……やっぱり浮気現場……？
「ちょっと、あんた!!　雛乃っていうかわいい彼女がいるのに、こんな堂々と浮気してるってどういう神経してん

の!?」
　杏奈が今にも、榛名くんの胸ぐらをつかみそうな勢い。
「あ、杏奈っ、落ち着いて……！」
「落ち着けるわけないでしょーが！　雛乃も、この浮気者になんか言ってやりなさいよ！」
　う、浮気者って。なんだかとんでもない展開になってしまった。
　すると、榛名くんが杏奈に向かってズバッと言った。
「浮気者ってなんのこと？」
「はぁ!?　あんたここにきて、とぼける気!?」
　なんだかこれだと、はたから見たら、杏奈が浮気されている彼女みたいに見えてしまう。
　おさまりそうにない、この場をどうおさめようか、頭を悩ませていたとき。
　女の人がわたしのほうを見て、何か気づいたみたいで、ニコッと笑って言った。
「あら～、雛乃ちゃん、こんにちは」
　え……？
　今この人、たしかにわたしの名前を呼んだような……。
「伊織がいつもお世話になってます」
　はて……。
　これはいったいどういうこと？
　よくわからない状況に、頭にはてなマークを浮かべていると。
「あら、忘れちゃったかしら。まあ、それもそうよね。雛

乃ちゃんと会ったのは、まだ幼稚園の頃だったものね？」
　え……ま、まさかこの人……。
「伊織のママだけど覚えてないかしら？」
　あ、あぁぁぁ……どうりで、どことなく榛名くんと顔が似ていると思ったんだ。
　まさか、こんなかたちで会うことになるなんて。
　今のわたしたちの会話を聞いていた杏奈が、「……は？」という声を出して、こちらを見ていた。
「あのさー、浮気者って問い詰める前に、こっちの話聞きなよ」
　榛名くんが呆れた口調で言った。
　こうして、一瞬にして榛名くんの浮気疑惑は晴れた。
　杏奈は榛名くんに謝りながらも、「あんな美人が母親に見えるわけないでしょ。どう見たって、年上の女に手を出したようにしか見えないわ」と、文句を言っていた。
　そして、杏奈はいきなり用事を思い出したと言い、この場を去っていってしまった。
　残されたのはわたしと、榛名くんと、そして榛名くんのお母さん。
「あ……えっと、お騒がせしました」
　とりあえず、勘違いでよかったとホッとした。
　すると、榛名くんのお母さんは、「ふふっ、わたしってば伊織の彼女に見えるくらい若く見えたのかしらっ？」と嬉しそうにしていた。
「えっと、今日は２人でお買い物ですか？」

「そうなの〜。伊織に荷物持ちしてもらおうと思って」
　あぁ、なんだそうなんだ。
　榛名くんは若干面倒くさそうな顔をしているけど、こうやって付き合ってあげるところが優しいなぁと思う。
　きっと前に遅くなったときも、こうやってお母さんのお買い物に付き合っていたのかな。
「じゃ、じゃあ、わたしはここで帰りますね。２人の邪魔したら悪いので」
「えぇ〜、雛乃ちゃんもう帰っちゃうの？」
「えっと、その、晩ごはんの支度とかあるので」
　榛名くんのお母さん……チサさんはなんだかとてもハイテンションだなぁ。
　顔は親子だから似ているけど、性格はあまり似ていないような気がする。
　だって、榛名くんっていつもテンション低いし。今だって、だるそうにわたしたちのやり取りを聞いている。
「あ、そうだっ!!　よかったら、今晩ウチでごはん食べていかない？」
「え？」
「そうよ、そうしましょー！　せっかくだから雛乃ちゃんといろいろお話ししたいし！」
　こうして、押されて断ることができなかったので、今晩だけ榛名くんの家にお邪魔して、晩ごはんをご馳走になることになった。
　榛名くんはだいぶ面倒くさそうにしていたけど、反対は

しなかった。そのまま3人で駅から電車を乗り継いで、榛名くんの家に向かった。

　榛名くんの家に着いた頃には、もう夜の7時前。今、通っている高校から、榛名くんの家は遠いと聞いていたけど、たしかにかなり時間がかかった。

　片道で1時間半以上はかかっていると思う。
「さぁ〜、あがってあがって？　ちょっと散らかってるけど許してね」

　チサさんが鍵を開けて、中に入っていくので、そのあとについて入った。

　電気がつくと、段ボールが廊下に数個並んでいた。
「あと少しで引っ越しだから、今絶賛準備中なの。もう荷物が多くて大変でね」

　あ……そっか。もうすぐ榛名くん一家が、わたしの家のそばに引っ越してくるんだ。

　さっき、ふと思った、榛名くんとの同居がもうすぐ終わってしまうことが、さらに現実味を増したような気がした。

　やっぱりすごくさびしいなぁ……。

　そんなふうに思っているのは、わたしだけなのかな……と思いつつ、段ボールの横を通過し、リビングに通された。
「今からすぐに準備するから、適当に座って待っててね〜。今日は冷蔵庫に作り置きのおかずがたくさんあるから」

　チサさんがキッチンにいって、準備をしている間、わたしは榛名くんとソファに座って待つことにした。

　部屋の広さや、家具の配置とかは、あまりわたしの家と

変わらない。

 それでもやっぱり人様の家だから緊張しちゃうし、キョロキョロと見回してしまう。

 そんなわたしを、榛名くんは不思議そうな顔をして見ていた。

 あっという間にチサさんが晩ごはんの準備を終えて、わたしたちに声をかけた。

 ソファから少し離れたテーブルのほうに向かうと、たくさんの料理が並んでいる。まだここに来てそんなに時間は経っていないのに、こんなにたくさん用意できるなんて、すごすぎる。

「たくさん作り置きしておいてよかったわ〜。温めただけだから、すぐに用意できちゃった」

 ふふっとチサさんが笑った。

 こうして、榛名くんの家で晩ごはんがスタートした。榛名くんのお父さんは、今日は帰りが遅いらしい。

 料理のメインはシチューで、テーブルの中心には大きめのバスケットがあって、そこに種類豊富(ほうふ)なパンが並べられている。

「このパンね、今日わたしが焼いたの」
「えぇ、そうなんですか!?」

 まさかの手作り……！ パンなんて市販(しはん)のものを買うという発想しかない。

 目の前のご馳走を見て、わたしが普段作っているものとレベルが違いすぎて、なんだか不安になってきた。

榛名くんは、いつも文句を言わずにわたしの作ったものを食べてくれているけど、チサさんのと比べたら……というか比べものにもならない。味付けだって、絶対わたしより美味しいだろうし。
　「いただきます」と、手を合わせて、シチューをパクッとひと口食べてみれば、やっぱり美味しいわけで。
　他の料理も何を食べても美味しい。
　か、完全に敗北だ……！
「雛乃ちゃんのお口に合うかしら？」
「お、美味しいです……‼」
　全力で首を縦に振って、美味しいと伝える。わたしもチサさんみたいに料理がうまかったらいいのになぁ……。
　少し落ち込んでいると、わたしの隣で食べていた榛名くんが口を開いた。
「……ひなの作るほーが美味しい」
　驚いて、すぐ隣に視線を向けた。
「ちょっ、榛名くん‼　わたしのなんかより、絶対チサさんのほうが美味しいから‼」
「僕はひなの作るのが好きだって言ってんの。好みだし」
　そんなふうに言われたら照れてしまう。何も言い返せない代わりに、顔がボッと赤くなって、それを隠すように少し下を向く。
　そんなわたしたちのやり取りを、チサさんはニコニコしながら見ていた。
「やだ〜、そんな目の前でイチャイチャしないでよ〜！

こっちまで恥ずかしくなっちゃうじゃない！」
 イチャイチャって。
 今のがイチャイチャしているように見えたんだろうか？
 だとしたら、なんだかとても恥ずかしい。
 とりあえず恥ずかしさをごまかすために、目の前にあるお茶をグビッと飲みほそうとした。
「まあ、付き合ってたらイチャイチャもするわよね〜」
「っ!?」
 驚いて、飲んでいたお茶で、むせてしまった。
「あら、雛乃ちゃん大丈夫？」
「だ、だいじょぶ、です……」
 わたしたちが付き合っているという事実を、チサさんに知られていることにびっくり。
 テンパっているわたしとは正反対に、榛名くんは隣で呑気に食べ進めていた。
 えぇ……なんでそんな平常運転なの!?　普通はもっと慌てるものじゃないの!?
 というか、そもそもどうしてチサさんが、わたしたちが付き合っていることを知っているんだ？
 たぶん、疑問が顔に出ていたのか、何も聞いていないのに、チサさんが察して答えてくれた。
「伊織から雛乃ちゃんとのこといろいろ聞いてるのよ〜。だから、2人が付き合ってることも知ってるの」
 えぇ……榛名くんってそういう恋愛の話、お母さんにするタイプなの!?

わたしはお母さんに言うの抵抗あるんだけど……!!
「伊織ってね、普段から何も話してくれない子だから、しつこく聞かないと教えてくれないのよ。まあ、伊織が今こうやって雛乃ちゃんと付き合えてるのは、わたしと、雛乃ちゃんママのおかげでもあったりするのよ〜?」
「え?」
　わたしのお母さんと、チサさん2人がいったい何をしたんだ?
「じつはね、引っ越してからも雛乃ちゃんママとは、連絡をまめに取り合っていたの」
　あ、たしかにお母さんも言ってたな。
「伊織ってば、小さい頃からずーっと雛乃ちゃんのことが大好きでね。離れてからも、雛乃ちゃんが気になって仕方ないみたいで、わたしが雛乃ちゃんママにいろいろ情報を聞いてたのよ〜」
　ええ、何それ、初耳なんですけど!!
「……余計なこと言わなくていいし」
　榛名くんが都合の悪そうな顔をして言った。
　だけど、チサさんは、そんな榛名くんの言葉を気に留めることなく、話をやめない。
「せっかく同居が始まったから、わたしが雛乃ちゃんとどうなの〜?って聞いてもね、全然教えてくれないのよ。でもね、わたしあるときに確信したのよ〜」
　チサさんが何やらニヤニヤして、楽しそうな顔をして榛名くんを見ていた。

あ、やっぱり親子だ。
　こういう何かを企んでいるときの顔がとてもそっくり。
「ふふっ、伊織のスマホのロック画面がね……」
「……それ以上口開いたら、どうなるかわかってんの？」
　チサさんが話していると、榛名くんがめちゃくちゃ不機嫌そうに遮ってきた。
「へぇ～、その様子だと雛乃ちゃんに内緒なのね？」
「…………」
　え、なんだろう。わたしに内緒って。微妙なところで話を止められたので、ますます気になってしまう。
　だけど、その会話はそこで終わってしまって、別の会話に切り替わってしまった。
　チサさんはほんとによく喋る人で、わたしと榛名くんの関係にすごく興味を持っていて、いろんな質問をしてくる。
「どっちから告白したの？」とか、「雛乃ちゃんは伊織のどこが好き？」とか、もう他にもたくさん質問をされて、答えるのにタジタジ。
　わたしが必死に答えているのに、榛名くんは隣で口を開くことなく、黙ったまま。
　しまいには。
「2人って、どこまで進んでるの？」
「え……？」
　質問の意味がいまいち理解できずに、どういうことですか？って顔をしてチサさんを見てみれば、当たり前のように言われた。

「キスはしたわよね？」
「っ!?!?」
　ちょっ、ちょっと……!!
　なんですか、その際どい質問は……!
「あ〜、今の雛乃ちゃんの反応からして、したんだ〜？」
　もう恥ずかしくて顔を上げられない……!
　榛名くんに助けを求めるように目線を送る。すると、「はぁ……」と、ため息をつきながら、助けてくれるのかと思いきや。
「……あのさー、かわいいひなをいじめていいの、僕だけだからやめてくんない？」
「っ!?」
　ちょっとぉ……!　助けるセリフがそれっておかしくない……!?
「やだ〜、そんな独占欲出さないでよっ。こっちが恥ずかしくなっちゃうわ〜」
　ひ、ひたすら恥ずかしい……。
　もう穴があったら、そこに隠れてしまいたいほど恥ずかしい。
　真っ赤になっているであろう顔を両手で隠しながら、落ち着くために、再びコップに入ったお茶を飲んでいたら。
「いっそのこと、子どもつくっちゃえばいいんじゃないの〜？」
　飲んでいたお茶を思いっきり噴き出してしまった。
　もう、ついていけない……!!

結局、帰るまでチサさんの勢いは止まらなかった。わたしはしどろもどろで、家に着いた頃には、もうヘトヘトになっていた。
　帰りは予定より遅くなったので、チサさんが家まで車で送ってくれた。
　ずっとハイテンションなチサさんについていけなかったけれど、最後別れるときに。
「あと少しだけど、伊織のことよろしくね。迷惑ばかりかけちゃうと思うけど、雛乃ちゃんのことを大切にする気持ちは人一倍強いと思うから。これからも伊織のそばにいてあげてね？」
　と、優しい笑顔で言ってくれた。
　家に入り、わたしと榛名くんは、いったんそれぞれ自分の部屋に向かった。
「ふぅ……」
　チサさんにいろいろ聞かれて、答えるのに戸惑うばかりだったけど、なんだかんだ楽しい時間を過ごさせてもらった。
　壁にかかってる時計で時間を確認すると、夜の10時を過ぎようとしていた。
　急いで部屋着に着替えて、お風呂の準備をしないとって思い、着替えを始めた。
　先にスカートを脱いで、すぐに部屋着のズボンをはいた。
　そのままブラウスを脱ごうと、ボタンに手をかけて、上も着替えようとしたときだった。

ノックもせずに、いきなり部屋の扉がガチャッと音を立てて開いた。
「……あ、着替え中？」
　驚いて、声のするほうを見てみれば、そこにいたのは部屋着に着替えた榛名くんなわけで。
「ちょっ!!　ノックしてよ、バカッ!!」
　すぐに自分の身体を隠すように、身体を縮こまらせて、榛名くんがいるほうに背を向けた。
　さすがに着替え中とわかったので、部屋から立ち去ってくれると思って、そのまま何も言わずにいると……後ろから身体が包み込まれた。
「ひぇっ!?　な、なんで入ってくるの……！　恥ずかしいから出ていってよ……!!」
「……やだ。ひな不足だから、すぐに抱きしめないと死んじゃう」
　そ、そんなこと言われても……！
　それだったら、着替えが終わったあとにしてくれないかな!?
「ぅ……い、今、着替えてるから、あと少しだけ待って」
　首をくるっと後ろに向けて、榛名くんにお願いと訴えてみた。
　だけど、榛名くんは聞いてくれるわけもなく。
「……じゃあ、手伝ってあげる」
　耳元でフッと笑いながら、そんな声が聞こえてきたと思えば、榛名くんの指が、まだ外れていないブラウスのボタ

ンに手をかけてきた。
　後ろからだっていうのに、器用にひとつひとつボタンを外していく。
「や、やだっ……やめて、榛名くん……！」
　恥ずかしくなって、抵抗しようと動けば。
「……動くと変なところ触るかもよ？」
　またしても耳元でイジワルそうにささやいて、言葉どおり榛名くんの少し冷たい手が、直接肌に触れた。
「ひゃっ……」
「……あー、かーわい」
　楽しむような声が聞こえてきて、わたしは声を抑えるように口元を手で覆った。
　そのまま、榛名くんにされるがまま。
　抵抗することもできなくて、あっという間にすべてのボタンが外れてしまった。
　さすがに、ここで止まってくれるだろうと思って、榛名くんから離れようとしたら。
「ダメ、まだ終わってない」
　身体を引き寄せられて、離れられない。
「も、もう1人で大丈夫……だから」
　今は後ろ姿だからまだいいけれど、これで正面に向き合ってしまったら……、恥ずかしくて、絶対に耐えられない！
「……ちゃんと脱がなきゃダメでしょ？」
「ひぇ……っ」

一瞬にして、榛名くんの手で、ブラウスがするりと脱がされてしまいパサッと床に落ちた音がした。
「今のひな、すごい無防備。……たまんない」
「お、お願いだから……離して……っ」
「離してもいーんだ？」
「……え？」
「離したらぜんぶ見えるよ？」
　今日の榛名くんは、いつにも増してもっとイジワルだ。
　ここまできてしまったら、どうするのがいいのか、もうわからなくなってきてしまった。
　ただ、恥ずかしいって感情でいっぱいで。
　ドキドキして、全身が熱くなっていく。
「ねー、ひな見せて」
「っ、い……や……。むりっ……」
　拒むわたしを、無理やり自分のほうに向かせようとしてきて、身体がくるっと榛名くんのほうに向いてしまった。
　とっさに、身体を隠すために、榛名くんにギュッと抱きついてしまった。
「み、見ないで……っ」
　顔は火照って、瞳にはなぜか少しだけ涙がたまっている。
　そのまま顔を上げて、榛名くんを見つめると、無言で唇を塞がれた。
「その顔ほんと反則……たまんない」
「んぅ……っ」
　甘くて、深くて、どんどんおかしくなっていきそう。

ただでさえ、恥ずかしさで体温は上がっているのに、甘すぎるキスに、もっと上がっていく。
　すぐに息が苦しくなって、榛名くんの胸を軽く叩くと離してくれた。
「はぁ……っ」
　すぐに酸素を取り込んで、呼吸を整えているのに、榛名くんは手を止めてはくれない。
　抱きしめたまま、背中をツーッとなぞりながら、耳を甘く噛んでくる。
「っ、や……待って」
　抵抗しようにも、力が全然入らない。
「あー……ヤバい。止まんない」
　そんな声とともに、身体がふわっと床から浮いて、近くにあったベッドにドサッと押し倒された。
「……もー少しだけ付き合って」
　榛名くんはわたしの首筋に軽くキスをしてきたかと思えば、少しチクッとした。
　この感覚、前にもあったような気がする。
「ん、ちゃんと僕のって印つけといた」
「……？」
　上から見下ろしてくる瞳は、もうそれは満足そうで。
「それ、隠したらダメだから」
「え、えっと……」
　よくわからなくて、あたふたしていると、榛名くんがわたしの身体に布団を被せてきた。

そして、そのままわたしの上からどいてくれた。
「……これ以上やったら、たぶん、もっと止まんなくなりそう」
「……？」
　どく前に、榛名くんが少し戸惑ったような顔をして、自分の髪をくしゃくしゃしていた。
「早く服着て。じゃないと襲うよ」
「っ!?」
　慌てて、部屋着の上を被った。
　着替えを終えると、榛名くんは何事もなかったかのように、部屋から出ていった。
　そして、そのままわたしはお風呂に向かい、鏡で自分の首元を確認したとき。
　首筋に紅く綺麗についていた"印"というやつを見つけてしまった。
「っ！」
　胸の内で榛名くんのバカ……！と思いながらも、少し嬉しかったと思ってしまった自分がいたのは絶対に内緒。

離れたくないよ榛名くん。

　榛名くんと付き合い始めて、もうすぐ３か月が過ぎようとしていた。
　何事も起こることなく、平和に時間は過ぎていたんだけれども……。
「はぁ……」
「なによー、ため息ついちゃって」
　今はお昼休みで、杏奈とお昼を食べているところ。
　ちなみに、今ため息をついたのはわたしだ。
「さては、榛名くんのことか～？」
「うーん……」
「なーに、なんか嫌なことでもあった？」
「何もないけど……」
「けど？」
「もうすぐ同居が終わっちゃうって考えると、すごくさびしいなぁって……」
　気づけば、10月の下旬に入っていた。
　榛名くんと一緒にいられる期間がもうすぐ終わってしまうさびしさのせいで、ため息が出てしまった。
　もうすでに、榛名くんは荷物をある程度まとめている。
　10月ラストの日がちょうど休みなので、その日に出ていくことが決まっている。ちなみに、わたしの両親も同じ日に家に帰ってくる予定になっている。

引っ越す先は、わたしの家の近くと以前から聞いている。
　だけど、当たり前のように一緒にいる今の生活は、もうあと数日で終わってしまうわけで。
「はぁぁぁ……なによ、そのかわいい悩みは」
「かわいくない……もん」
「いやー、わたしが男だったら、間違いなく雛乃を彼女にしたいと思うわ。あの自由人王子にはもったいないような気がしてくるわ」
「離れたくないって、思っちゃうのはワガママなのかな？」
　ここ数日、わたしは少しでも榛名くんのそばにいたいなぁと思って、家ではずっと、べったりと甘えてしまっている。
　前はわたしより榛名くんのほうが甘えてきていたのに、今はそれが逆転している。
「別にワガママではないんじゃない？　好きな人と一緒にいたいって思う気持ちは当然だと思うし」
「やだなぁ……さびしいなぁ」
「もう、それはわたしじゃなくて、榛名くんに言うことでしょうが！」
　杏奈は呆れながらそう言った。

　その日の夜。
　いつもどおり、晩ごはんを終えて、２人でソファに座り、テレビを見る。
　いつもソファに座ると、榛名くんがわたしの座っている

ほうに寄ってきてくれるんだけど、今日は自分から寄ってみた。
　２人の間に隙間があかないくらい、榛名くんの隣にピトッとくっついて座った。
「……どーかした？」
「う、ううん……どうもしないよ」
「珍しいじゃん。ひなから寄ってくるとか」
「もっと近くにいたいと思ったの。……ダメ？」
　いつもよりだいぶ積極的な自分に、びっくりするかと思ったけど、案外そうでもなかった。
　ただ、今は純粋に榛名くんのそばにいたいっていう気持ちが強くて。
「……じゃあ、ここおいで」
「へ……？」
　横に並んで座っていたのに、榛名くんがわたしの身体を軽々と持ち上げた。
　そのまま、榛名くんの座っている脚の上におろされてしまった。
　真っ正面に榛名くんの顔があって、わたしが榛名くんの上に覆いかぶさっている体勢。
　いつもとは逆で、自分が上にいることが慣れない。
「……たまにはこーゆーのもいいね」
「っ、恥ずかしいよ」
「ひなが襲ってるみたい」
「なっ、ち、違うから……っ!!」

そんな誤解されるような言い方しないで……！
　すると、さっきつけたばかりのテレビを、榛名くんが消してしまった。
　シーンとした空間に、妙に緊張してしまう。
「最近のひなさ、くっつき虫だよね」
「ぅ……」
　わたしの髪に触れながら、口角を上げて笑う榛名くんの顔がよく見える。
「すごい甘えてくるし」
　今度は、頬を触ったり、唇を指でなぞってきたりする。
「だって……さびしいんだもん」
　自分で言って、少し恥ずかしくなって、榛名くんの首に腕を回して、ギュッてした。
「……なんでさびしいの？」
　優しい声のトーンで聞きながら、抱きしめ返すように、わたしの背中に腕を回してくれる。
「だって……もうすぐ、一緒にいられなくなっちゃうんだよ？」
「同居終わるの、さびしい？」
「さ、さびしい……よ」
　今まで半年間、榛名くんがいる生活が当たり前になっていた。
　そばにいないことが考えられないくらいで。
　榛名くんとの同居が終わってしまう日が、刻一刻と近づいてきているとわかってしまうと、余計にさびしさに襲わ

れてしまう。
　普段のわたしの生活から、榛名くんがいなくなってしまうなんて、考えられなくなってしまった。
「榛名くんはさびしくないの……？」
　なんだか、わたしばかりがさびしがっているみたいで、榛名くんはそんな様子が見受けられない。
「別にさびしくないよ」
「え……！」
　あっさり答えられてしまい、かなりショックを受けた。
　わたしだけがこんな気持ちになっているだけで、榛名くんからしたら、そんな大したことじゃないって言われみたいで。
「さびしくなったら、会いにいけばいいだけだし」
「で、でも……いつでも会えるわけじゃないんだよ？」
　今は同じ家に住んでいるからすぐに会えるし、こうやって抱きしめてもらうことだって、簡単なことなのに。
「じゃあ、ひながさびしくなったら呼んでよ」
「呼んだら来てくれるの……っ？」
「そりゃ、ひなに呼ばれたらね」
　いつもイジワルなのに、こういうときだけ優しいのはずるいよ。
「僕と離れるのがさびしいから、最近甘えん坊なの？」
「ぅ……」
　ズバリ図星を突かれてしまって、返す言葉が何もない。
「そんなに僕と一緒にいたいんだ？」

嬉しそうな声のトーンに、素直に首を縦に振った。
「じゃあ、今から一緒にお風呂入ろーか？」
　たぶん、からかってこんなことを言ってきているだけだと思う。
　わたしが恥ずかしいから、絶対に嫌だって言うと思っているから。
　だけど、今日は嫌だという言葉が出てこなくて。
「……うん、一緒に入る」
　自分でも、とんでもないことを言っているってわかっているけど、自然と出てきてしまった。
　榛名くんもまさか、わたしがオーケーをするなんて思ってもいなかったみたいで。
「……は？」
　かなり戸惑った声が聞こえた。
「榛名くんと離れたくないもん……」
「……いや、そこは拒否んないとダメでしょ」
「榛名くんから言ってきたことだもん……」
　榛名くんは、今のわたしの扱いに、かなり困っているみたい。
「なんで今日に限って、そんな従順なわけ？」
「わかんない……」
「ほんと調子狂う……」
　そう言って、わたしの身体を引き離した。
「離れちゃうの……？」
　まだ離してほしくなくて、少しの抵抗として、榛名くん

の服の裾をキュッと握った。
「……素直すぎて、手に負えない」
　そう言うと、わたしの手をギュッと握ってくれた。
「さっきのは冗談だから。さすがに僕も、そこまで理性保てると思えないし」
　困り果てる榛名くんに、さらに攻めたことを言ってみる。
「じゃ、じゃあ……一緒に寝てくれる？」
　かなり積極的なことを口にしていると思う。
　だけど、そんなこと今はどうだってよくて。だって、離れたくないって気持ちが強いから。
「あー……もうさ、ほんとずるいよね」
　榛名くんは渋々オーケーを出してくれて、一緒に寝てくれることになった。

　あれから数時間後。
　お風呂をすませて、寝る準備を整えたわたしは、榛名くんの部屋に向かった。
　コンコンと軽くノックをして、中に入る。
　もうすでに、部屋の電気は消されてしまっていて、ベッドには榛名くんが眠っていた。
　わたしが部屋に来るまで起きていてと、お願いしたのにもかかわらず、先に寝てしまうなんて冷たい。
　しかも身体を横にして、壁のほうを向いて眠ってしまっている。
　榛名くん、さっきは、ちゃんと一緒に寝てくれるって約

束したくせに。
　むぅっと頬を膨らませながら、榛名くんが眠るベッドに横になった。
　わたしが隣に来たっていうのに、起きてくれないし、こっちも向いてくれない。
「榛名くん……?」
「…………」
「榛名くんってば……」
「…………」
　呼びかけても反応がない。
　寝たふりかもしれないと思い、榛名くんの背中にピトッと身体を引っつけた。
　すると、少しだけ榛名くんの身体がピクッと動いた。
「……そーやって身体引っつけるのダメだって」
　ボソッと余裕のなさそうな声が聞こえた。
　ほら、やっぱり起きてたんだ。
「起きてるのに、返事してくれないんだもん」
「……もう寝てるから」
　こっちを見ようとしてくれない。
　素っ気ない態度に、さびしさが増してくる。
「こっち向いて……榛名くん」
「……やだ、無理」
「抱きしめてくれないとやだ……」
「……抱きしめたら抑えきかなくなるから無理」
「榛名くんの頑固……っ。だったらいいもん。このままくっ

ついて寝るもん」
　絶対に離れてやるもんかって気持ちで、さらに抱きつくと、ため息が聞こえてきた。
　そして、さっきまで背を向けていたはずなのに、体勢を急にくるりと変えて、覆いかぶさってきた。
「……あんまなめてると、本気で襲うよ」
　たぶん……ここで拒否をしなかったら、榛名くんは止まってくれないと思う。
　だって、わたしを見下ろす瞳が、いつもより熱を持っているから。
「榛名くんにならいいよ……っ」
　覚悟を決めて、榛名くんの頬に手を伸ばす。そして、目をギュッとつぶって、自分からキスをした。
　軽く触れるだけ。
　それが今のわたしには精いっぱい。
　つぶっていた目を開けると、榛名くんが驚いた顔をしていた。
「……そんなかわいいの、どこで覚えてきたの」
　若干、呆れた顔をしながら頭を抱えてしまった。
「思ったこと自然に言っただけだよ……？」
「……かわいすぎてタチ悪い」
　そう言うと、わたしの上からどいて、隣にバタッと力なく倒れた。
　そして、そのままわたしを正面から抱きしめてくれた。
「……ったく、ほんとひなにはかなわない」

文句を言いながらも、抱きしめてくれる榛名くんって優しいし、なんだかんだわたしのお願いは、いつも聞いてくれる。
「な、何もしなくていいの？」
「は……？」
「だって、さっき榛名くん、止まりそうになかったから」
「頼むからその小悪魔やめてよ……。こっちだって今、必死で我慢して抑えてんだから」
「我慢しなくてもいいのに……」
「それ、僕以外の男に言ったら襲われてるよ」
「榛名くんは違うの？」
「大事にしたいから、そんな簡単には手出せない」
　このセリフを聞いて、わたしはほんとに大事にしてもらえてるんだっていうのが伝わってきて、嬉しくなる。
「……まあ、フライングはするけど」
「へ……、……んっ」
　甘い甘いキスが降ってきた。
　そのまま２人で眠るつもりだったんだけれど、わたしはふと、あることが気になってしまった。
「榛名くん、スマホ貸して？」
「……は？　何いきなり」
「この前、チサさんが言ってたのが気になったの。スマホのロック画面が、とか言ってたやつ」
　なぜか今になって思い出してしまい、気になって眠れなくなってしまった。

「……最悪。なんで忘れてないわけ」
「覚えてるよ。だってわたしにだけ内緒って言うから」
　顔を上げて榛名くんを見ると、すごく都合の悪そうな顔をしている。
　そんなに見られたらまずいものを、ロック画面に設定しているんだろうか？
　気になるから教えて、という目でお願いしてみたら、すごく嫌そうな顔をされたけど、スマホを渡してくれた。
　今は真っ暗な状態の画面。
「ほ、ほんとに見てもいいの？」
「ひなが見たいって言ったんじゃん」
　なんか、いざ見るってなったら緊張してきた。
「見ないなら返してもらうけど」
「み、見ます、見ます……!!」
　スマホを取り上げられそうになってしまったので、慌てて電源ボタンを押した。
　画面がパッと明るくなって、ロック画面の画像がはっきり見えた。
「……え、えぇ!?　な、何これ!?」
　ロック画面の画像を見て、叫んでしまった。
　いや、だって、叫びたくなるくらい衝撃。
「……はい、もう見たから返して」
「えっ、あっ、えぇ!!」
　スマホを取り上げられるときに、チラッと見えた榛名くんの表情は、だいぶ照れていたように見えた。

「はぁ……ほんと恥ずかしすぎ」
「えっと、えっと……今のって」
　動揺するわたしを黙らせるように、再び抱きしめながら「早く寝て忘れて」と言われてしまった。
　忘れてと言われても、忘れられるわけがない。
　たぶん今のわたしは嬉しくて、頬が緩みまくりだと思う。
「い、いつ撮ったの？」
「もう黙って寝てよ」
「えぇ……」
　いろいろ聞きたいのに、榛名くんが照れているせいで、全然聞かせてくれない。
「あんましつこくすると、変なのに設定するけどいい？」
「い、いやっ！　それはダメです……!!」
　じつは、なんとびっくり。
　榛名くんのロック画面に設定されていたのは……。
「……まあ、かわいいから変えるつもりないけど」
　いつ撮ったのかわからない、わたしの寝顔だった。
「こんなかわいい寝顔、他の男に見せたら許さないから」
　もう一度画面を愛おしそうに見て、フッと笑いながら。
「まあ、写真じゃなくて、本物の寝顔がいちばんかわいいけど」
　そう言って、とびきり甘いキスを落とした。

End

あとがき

いつも応援ありがとうございます、みゅーな**です。

このたびは、数ある書籍の中から『幼なじみの榛名くんは甘えたがり。』をお手に取ってくださり、ありがとうございます。

皆様の応援のおかげで、5冊目の出版をさせていただくことができました。本当にありがとうございます……！

このお話は、ふと同居ものが書きたいと思って書き始めたものでした。同居って、いろんなワクワクやドキドキが詰まっていて、とても憧れるなぁと思いながら、榛名くんと雛乃を書いていました。

自由な性格で失礼なことばかり言ってしまう榛名くんと、恋愛に鈍感な雛乃の、ハチャメチャな同居話になってしまいましたが、少しでも楽しんでいただけたでしょうか。

中盤、榛名くんが少し雛乃にイジワルをしすぎたかなぁと思いながらも、好きな子を困らせるのが好きな男の子の気持ちもわかるなぁ……とか思ってしまって（笑）。

個人的に楓のキャラクターが結構好きでして。

初めて年下の男の子を書いたのですが、敬語男子っていいなぁと（笑）。普段優しいのに、ふとしたときに「年下

なんて関係ない」という強気な姿勢で攻める、このギャップが気に入っていました！

　読んでくださった皆様に、少しでもクスッと笑っていただけたり、胸キュンしていただけたら幸いです。

　個人的な話になってしまうんですが、発売月の４月がわたしの誕生月でして。自分へのささやかな誕生日プレゼントとして、この文庫を発売できて嬉しいです！

　最後になりましたが、同居ならではの、かわいいイラストを描いてくださった、イラストレーターのOff様。今回発売させていただいた文庫と既刊４冊、すべてOff様にイラストを担当していただけて、本当に幸せです。ありがとうございました。
　そして、ここまで読んでくださった皆様、応援してくださった皆様に、心から感謝いたします。

　すべての皆様に、最大級の愛と感謝を込めて。

2019年４月25日　みゅーな**

作・みゅーな＊＊

中部地方在住。4月生まれのおひつじ座。ひとりの時間をこよなく愛すマイペースな自由人。好きなことはとことん頑張る、興味のないことはとことん頑張らないタイプ。無気力男子と甘い溺愛の話が大好き。現在は、ケータイ小説サイト「野いちご」にて活動中。

絵・Off（おふ）

9月12日生まれ。乙女座。O型。大阪府出身のイラストレーター。柔らかくも切ない人物画タッチが特徴で、主に恋愛のイラスト、漫画を描いている。書籍カバー、CDジャケット、PR漫画などで活躍中。趣味はソーシャルゲームで、関連のライブイベントなどに参加している。

ファンレターのあて先

〒104-0031

東京都中央区京橋1-3-1

八重洲口大栄ビル7F

スターツ出版（株）書籍編集部 気付

みゅーな＊＊先生

この物語はフィクションです。
実在の人物、団体等とは一切関係がありません。

幼なじみの榛名くんは甘えたがり。

2019年4月25日　初版第1刷発行
2019年11月10日　　　第2刷発行

著　者　みゅーな**
　　　　©Myuuna 2019

発行人　菊地修一

デザイン　カバー　金子歩未
　　　　　フォーマット　黒門ビリー&フラミンゴスタジオ

DTP　朝日メディアインターナショナル株式会社

編　集　相川有希子
　　　　阪上智子　加藤ゆりの（ともに説話社）

発行所　スターツ出版株式会社
　　　　〒104-0031 東京都中央区京橋1-3-1　八重洲口大栄ビル7F
　　　　出版マーケティンググループ TEL03-6202-0386
　　　　（ご注文等に関するお問い合わせ）
　　　　https://starts-pub.jp/

印刷所　共同印刷株式会社
Printed in Japan

乱丁・落丁などの不良品はお取り替えいたします。上記出版マーケティンググループまでお問い合わせください。
本書を無断で複写することは、著作権法により禁じられています。
定価はカバーに記載されています。

ISBN 978-4-8137-0663-2　C0193

ケータイ小説文庫 2019年4月発売

『幼なじみの榛名くんは甘えたがり。』 みゅーな**・著

高2の雛乃は隣のクラスのモテ男・榛名くんに突然キスされ怒り心頭。二度と関わりたくないと思っていたのに、家に帰ると彼がいて、母親から2人で暮らすよう言い渡される。幼なじみだったことが判明し、渋々同居を始めた雛乃だったけど、甘えられたり抱きしめられたり、ドキドキの連続で…!?

ISBN978-4-8137-0663-2
定価:本体590円+税

ピンクレーベル

『俺が意地悪するのはお前だけ。』 善生茉由佳・著

普通の高校生・花穂は、幼い頃幼なじみの蓮にいじめられてから、男子が苦手。平穏な毎日を過ごしていたけど、引っ越したはずの蓮が突然戻ってきた…! 高校生になった蓮はイケメンで外面がよくてモテモテだけど、花穂にだけ以前のままの意地悪。そんな蓮がいきなりデートに誘ってきて…!?

ISBN978-4-8137-0674-8
定価:本体590円+税

ピンクレーベル

『新装版 眠り姫はひだまりで』 相沢ちせ・著

眠るのが大好きな高1の色葉はクラスの"癒し姫"。旧校舎の空き教室でのお昼寝タイムが日課。ある日、秘密のルートから隠れ家に行くと、イケメンの純が! 彼はいきなり「今日の放課後、ここにきて」と優しくささやいてきて…。クール王子が見せる甘い表情に色葉の胸はときめくばかり!?

ISBN978-4-8137-0664-9
定価:本体590円+税

ピンクレーベル

『ずっと消えない約束を、キミと』 河野美姫・著

高校生の渚は幼なじみの雪緒と付き合っている。ちょっと意地悪で、でも渚にだけ甘い雪緒と毎日幸せに過ごしていたけれど、ある日雪緒の脳に腫瘍が見つかってしまう。自分が余命僅かだと知った雪緒は渚に別れを告げるが、渚は最後の瞬間まで雪緒のそばにいることを決意して…。感動の恋物語。

ISBN978-4-8137-0665-6
定価:本体580円+税

ブルーレーベル

書店店頭にご希望の本がない場合は、
書店にてご注文いただけます。